AF244355

Lettres d'un Mort

OPINIONS D'UN PAÏEN

SUR

LA SOCIÉTÉ MODERNE

PAR

LOUIS MÉNARD

DOCTEUR ÈS-LETTRES

PARIS

LIBRAIRIE DE L'ART INDÉPENDANT

11, RUE DE LA CHAUSSÉE-D'ANTIN, 11

1895

Tous droits réservés

LETTRES D'UN MORT

Lettres d'un Mort

—

OPINIONS D'UN PAÏEN

sur

LA SOCIÉTÉ MODERNE

PAR

LOUIS MÉNARD

DOCTEUR ÈS-LETTRES

PARIS

LIBRAIRIE DE L'ART INDÉPENDANT

11, RUE DE LA CHAUSSÉE-D'ANTIN, 11

—

1895

Opinions d'un Païen

Sur la Société moderne.

> Pourquoi dois-je vivre au milieu d'un cinquième
> âge ? J'aurais dû mourir plus tôt ou naître plus tard
> car c'est maintenant l'âge de fer.
>
> Hésiode.

DIS MANIBUS.

Vous tous, innombrables, qui avez franchi avant nous les portes de l'inconnu, esprits des ancêtres, âmes des saints, Dieux mânes, ô morts où êtes-vous ? En rendant à la vie universelle les éléments qui composaient vos corps, vous avez légué aux générations survivantes l'héritage de vos pensées, de vos bienfaits ou de vos exemples : qu'avez-vous conservé ? Cette seconde vie à laquelle les plus sceptiques d'entre nous voudraient croire, dont les plus croyants voudraient trouver la preuve, est-elle autre part que dans les œuvres où s'incarnèrent vos idées, ou dans le souvenir de ceux qui vous aimaient ? Si la réponse vous était permise, il en est parmi vous qui ne nous auraient pas laissés si longtemps dans l'attente ; car nos angoisses

1

ne viennent pas d'un égoïste amour de la vie, mais de la crainte des séparations éternelles, et nous accepterions ce long sommeil, sans le deuil et les derniers adieux.

L'homme en savait-il davantage sur sa destinée, alors que, plus près de sa mystérieuse origine, il vivait encore de la vie de la nature, qui connaît si bien ses lois ? Les saintes traditions des vieux âges peuvent-elles répondre aux questions de la raison indécise ? Soulevons le voile des symboles. Les formes multiples de l'idéal s'y réconcilient dans une paix divine ; mais quand la pensée s'est élevée dans la sphère sereine des Dieux, y trouve-t-elle une place pour l'existence de l'homme ? S'il n'est qu'une incarnation passagère des forces éternelles, que devient-il en sortant du monde changeant des apparences ? Les hiéroglyphes sacrés, si clairs dans les dogmes divins, deviennent obscurs et contradictoires dès qu'on les interroge sur la destinée humaine.

Les patriarches s'endorment à côté de leurs pères : « Tu es poussière et tu retourneras en poussière. » Faut-il fermer le livre juif après ces désolantes paroles ? Mais voici le schéol des prophètes, où sont les arbres d'Eden, où le roi de Babylone est accueilli par les *réphaïm*. N'est-ce pas une vague vision du ténébreux royaume de Persephonè, où les héros d'Homère revivent leur vie passée, et, comme dans le paradis musulman, possèdent l'idéal rêvé pendant la vie ? Il en est qui regrettent la douce lumière du soleil ; cette vie interrompue trop tôt, ils la retrouveront au-delà du fleuve d'oubli.

Mais l'âme ne peut-elle s'élancer plus haut que la terre ? La doctrine orientale des épurations et des métempsycoses, enseignée dans les temples et les grandes écoles de la Grèce, qui se retrouve chez nos ancêtres les Gaulois, et semble aujourd'hui renaître après tant de siècles, rattache la destinée humaine aux métamorphoses de la nature et aux lois de la vie universelle. Il n'en est pas de plus grandiose pour l'intelligence, mais suffit-elle pour le cœur ? Si l'implacable enfer des religions modernes recule devant la grande et clémente pensée du purgatoire mazdéen, ce n'est pas seulement parce qu'il outrageait la sainte pitié ; c'est encore et surtout parce qu'il brisait pour l'éternité les liens sacrés formés pendant la vie.

O morts, avant de vous envoler vers les lointains paradis, vous attendrez que tous ceux qui vous pleurent soient allés vous rejoindre ; vous les guiderez dans les ascensions lumineuses, d'astre en astre, comme vous les guidiez sur la terre, où vous rattache encore un lien plus fort que la vie, l'indestructible chaîne de l'amour. Jusqu'au jour de la réunion c'est vous qui recueillerez nos prières, Dieux indulgents, qui pardonnez toujours, car vous avez souffert et vous avez lutté. Les Dieux supérieurs sont trop grands pour nous entendre ; ils ne changeront pas pour nous l'ordre immuable de la nature ; mais vous, ô médiateurs, dans ce grand concert d'hymnes et de plaintes où la voix de l'humanité tout entière n'est qu'une note perdue, vous distinguez des voix amies, et vous savez adoucir, sans les violer, les lois éternelles.

Lares protecteurs des familles, héros protecteurs des cités, votre culte est indestructible dans le cœur de l'homme. Dans les limbes de la pensée, le sauvage connaît la religion des ancêtres, comme dans la plus lumineuse époque de l'histoire les villes avaient leurs demi-Dieux humains, et les familles leurs pénates domestiques. Le moyen âge, comme l'antique Égypte, attendait la résurrection ; mais bien avant que l'an mil eût menti à ses promesses, le peuple invoquait ses saints, comme si pour eux la résurrection était déjà venue. N'était-ce pas un retour à la belle et consolante croyance du paganisme, la religion de mânes ? Au milieu des défaillances de ce siècle, le culte des morts survit. Dans nos âmes inquiètes, ce n'est pas la foi, peut-être, mais c'est toujours l'espérance ; et le plus sceptique s'arrête et se découvre devant un cercueil.

Quand l'avenir n'a plus de promesses, la pensée se nourrit de souvenirs. Pour les générations fatiguées, la société des morts vaut mieux que celle des vivants. C'est bien assez peu d'être un homme, sans se condamner à n'être que de son temps et de son pays. L'idéal n'est pas le privilège exclusif d'un siècle ou d'une race, et aux époques stériles, en attendant qu'une société rajeunie l'incarne sous une forme nouvelle, on aime à comparer celles sous lesquelles il s'est révélé au passé. Tel est le but de ce livre : en introduisant un païen dans la société moderne, j'ai cherché, non pas des comparaisons archéologiques, mais des rapprochements ou des différences dans l'ordre intellectuel et moral. J'ai essayé d'expliquer les fluctuations de notre époque en remontant à la source des principes opposés qui luttent dans le sein de l'Europe contemporaine, et dont la conciliation appartient sans doute à l'avenir.

.·.

Depuis que les anciens Dieux avaient perdu leurs temples, leurs derniers fidèles, ceux qu'on appelait les païens, descendirent de plus en plus rares vers les demeures d'Hadès, apportant à la foule innombrable des morts qui les attendait sur le rivage de tristes nouvelles du monde des vivants : « Que ceux qui ont laissé des fils sur la terre n'espèrent pas les revoir : nos fils ont renié le culte de leurs pères ; à leur mort, au lieu de passer le fleuve pour venir nous rejoindre, ils s'endormiront dans l'attente d'une résurrection prochaine et du paradis qu'ils disent fermé pour nous. Que ceux qui regrettent la vie se gardent de boire le Léthé : des peuples barbares couvrent la terre, et, au nom du Dieu nouveau, on a détruit tout le divin travail de la pensée des vieux âges. »

Les habitants du pays de la mort restèrent ainsi des siècles sans lien avec la terre. Méditant sur leur vie passée, ils cherchaient à reconstruire dans leur pensée ce magnifique monde dont les vivants effaçaient jusqu'aux derniers vestiges. Par une initiation mutuelle, les plus forts aidant les plus faibles, les uns après les autres s'élevaient, épurés, vers les sphères heureuses.

Quand se leva pour l'humanité cette splendide aurore si justement appelée la Renaissance, il y eut un tressaillement inconnu dans le peuple des mânes. Au delà de leur Élysée ils apercevaient des horizons nouveaux avec un nouveau peuple d'âmes. Êtes-vous des hôtes du paradis chrétien, leur disaient-ils ? Mais ceux qui ne sont pas du même ciel ne peuvent se réunir même dans la mort. — Nous venons de la terre, disaient les âmes nouvelles ; nous avons relevé les autels de l'art et de la beauté. Nous avons recueilli pieusement les débris sacrés de vos marbres qu'avait brisé le marteau de nos pères. Dans quelques pages dispersées de vos livres, nous avons retrouvé la trace des rêves merveilleux de vos poètes et les enseignements de vos sages, et, de ces épaves échappées au naufrage du vieux monde, nous avons fait un phare lumineux pour dissiper les spectres de notre nuit.

Deux siècles s'écoulèrent, et d'autres âmes apparaissaient de plus en plus distinctes et disaient : nous avons marché sur vos traces à la conquête de la justice et de la vérité. Les armes sont prêtes, le dernier combat se prépare, le droit vaincra. L'homme régénéré suivra ses destinées nouvelles ; sa force est sans limites, son but est l'infini, il y marche par un progrès éternel, et le lendemain de sa victoire, quel magnifique monde naîtra !

Alors il y eut dans les demeure d'Hadès un immense désir de revoir la terre. Mais avant de boire le Lethé, les mânes chargèrent l'un deux de les devancer et de les instruire sur la grande lutte qui se préparait. C'était un sculpteur d'Athènes appelé Calliclès. Seul entre tous les morts, par la puissance de Persephonè, il revint sur la terre sans passer le fleuve d'Oubli.

CALLICLÈS A THÉAGORAS.

Toi qui, né des siècles après moi sur la terre, es devenu, dans les demeures d'Hadès, mon maître et mon ami ; toi qui m'as initié à la sagesse des sanctuaires, et qui, pouvant depuis longtemps t'élever vers les sphères heureuses, as retardé ton ascension jusqu'à l'heure où je pourrai te suivre, Théagoras, le plus sage et le meilleur des morts, c'est à toi que j'adresse le récit des choses que j'ai vues sur la terre des vivants.

Puisque j'ai été choisi par vous tous pour observer l'état du monde moderne à la veille de la transformation qui s'y prépare, j'ai dû me placer au milieu du peuple chez qui vont se livrer les derniers combats. Me voici en France, dans cette ville de Paris qui est aujourd'hui la grande cité de l'intelligence, l'initiatrice des nations, comme le fut jadis ma patrie Athènes, et plus tard la tienne, Alexandrie. Ma première impression a été d'une tristesse lugubre. En entrant dans cette immense ville noire et peuplée comme une fourmilière, où une race sans beauté pareille aux barbares de Scythie, parlant une langue sèche, froide et rude, s'agite sur une terre bourbeuse, sous un ciel pluvieux, je songeais au ciel de l'Attique, à nos blanches villes de marbres, où la voix humaine était une mélodie, aux belles jeunes filles portant des amphores, aux robustes adolescents luttant dans la palestre. Sculpteur, je songeais à nos belles statues, et je m'étonnais qu'un peuple qui donne si peu de place à l'art dans sa vie pût tenir le sceptre de l'intelligence, car j'étais accoutumé à regarder le beau comme la forme vivante du vrai et du juste, et je ne croyais pas que l'homme s'élevât à la morale et à la science sans être épuré par l'initiation de l'art et de la poésie.

Ma tristesse a redoublé quand j'eus pénétré dans la vie politique de cette nation. J'entendais dire à ses prêtres que la religion nouvelle avait aboli l'esclavage ; le monde, me disais-je, a donc enfin réalisé ce beau rêve de Platon. Mais au lieu de détruire l'esclavage, j'ai vu qu'on l'avait étendu à tous les hommes. Dans ce peuple innombrable, il n'y a pas un citoyen libre. La France, comme la plupart des pays de l'Europe, est soumise à un prince aussi absolu que le grand roi de Perse. Les rois transmettent les peuples en héritage à leurs enfants, les mariages des princes font passer les royaumes d'une famille dans l'autre, et les guerres continuelles sont entretenues, non par les intérêts opposés des Etats, mais par les querelles de famille des rois. Il n'y a pas de patrie : les peuples regardent leurs personnes et leurs biens comme le patrimoine des princes ; la soumission des sujets à leur maître, une vertu d'esclaves remplace le dévouement de l'homme libre à la patrie et aux lois. Il n'y a pas de loi : la coutume en tient lieu et varie d'une ville à l'autre dans le même état. Les fonctions publiques ne sont pas données par le peuple, mais par la faveur du roi ou de ses courtisans, quelques-unes se vendent. Les grands peuvent faire emprisonner sans jugement ceux qui leur déplaisent, au moyen de lettres qu'ils obtiennent de la faveur des ministres. Il n'y a pas de droits, il n'y a que des privilèges : la nation est divisée en castes

comme l'Inde et l'ancienne Egypte. Les castes
inférieures, pauvres et laborieuses, paient seules
les impôts. Les castes supérieures, oisives et
riches, méprisent le peuple qui les nourrit. Les
laboureurs, obligés de consacrer une partie de
leur temps à travailler pour leurs maîtres, sont
réduits à un état de dégradation, de misère,
d'abaissement et d'ignorance qui les place bien
au-dessous des esclaves de l'antiquité. Les marchands sont parvenus, par des siècles de luttes
continuelles, à une condition meilleure. Il y en
a de riches, comme parmi les affranchis de
Rome ; ils possèdent, non pas des droits, car
les modernes n'ont pas plus de droits qu'ils
n'ont de patrie, mais quelques privilèges consa-
crés par l'usage. Les castes supérieures ne sont
guère plus libres que le peuple qu'elles écrasent.
Les nobles, c'est-à-dire ceux qui composent la
caste militaire, après avoir, pendant des siècles,
déchiré le pays par leurs révoltes incessantes
contre l'autorité royale, devenus trop faibles
pour lui résister, se sont fait une vertu de leur
obéissance servile au maître, qui les nourrit de
ses aumônes, et leur distribue des fonctions de
valets à sa cour. La caste sacerdotale, ou le
clergé, soumise à une hiérarchie spéciale et très-
despotique, forme un Etat dans l'Etat et partage son obéissance entre le roi de France et le
Pape, ou chef des prêtres, qui est prince de
Rome et d'une partie de l'Italie, et qui prélève
un tribut sur les biens immenses de l'Eglise

de France et de tous les États catholiques.

Quoiqu'il puisse sembler étrange qu'une organisation politique aussi contraire à la raison qu'à la morale ait pu durer un jour, la constitution actuelle de la France remonte, dans ses bases principales, à l'invasion des Barbares dans l'empire romain. La Gaule, à qui la conquête a fait perdre jusqu'à son nom, est encore soumise au régime qui a suivi cette conquête. On peut dire de toute conquête ce que les contemporains d'Aristote disaient de l'esclavage : c'est un fait violent, donc il est injuste. Cependant lorsqu'un peuple policé subjugue un peuple barbare, et qu'au lieu de l'opprimer il lui apporte ses sciences, ses arts et ses lois, la conquête, malgré les maux qui l'accompagnent, peut devenir un bienfait. Telles furent la conquête de l'Asie par les Grecs, celle de la Gaule et de l'Espagne par les Romains. Lorsqu'un peuple barbare soumet un peuple d'une race supérieure ou d'une civilisation plus développée, la conquête n'a d'excuse que si les vainqueurs s'éclairent au contact des vaincus : c'est ainsi que les Romains, après avoir ôté à la Grèce sa liberté, lui empruntèrent sa civilisation pour la répandre dans le reste du monde.

Le caractère des invasions germaniques fut tout différent. Partout, et surtout dans le midi de la Gaule, les vaincus étaient fort supérieurs aux vainqueurs. Ceux-ci restèrent barbares, et détruisirent en moins de trois siècles la civilisation du peuple conquis. C'est là un des plus grands désastres de l'histoire. La race conquérante n'a jamais produit un artiste, ni un savant, ni un philosophe ; à peine quelques écrivains, grâce sans doute à son mélange avec les vaincus, car, tant qu'elle est restée à peu près pure, elle a paru frappée d'une incurable stérilité intellectuelle. Ces croisements ont été de plus en plus nombreux. Lors des invasions, plusieurs riches Romains, se ralliant aux Barbares, conservèrent leurs terres, et leurs descendants se confondirent avec les conquérants. Dans les guerres du moyen âge, bien des paysans, réduits au brigandage par la misère, s'élevèrent par leurs rapines à la condition des chevaliers. Les rois usèrent souvent du privilège de conférer la noblesse à des bourgeois. D'ailleurs le respect des liens du mariage n'a jamais été dans le caractère des peuples modernes ; dans ce siècle surtout l'adultère est devenu presque général dans la noblesse.

C'est donc en tenant compte d'un grand nombre d'exceptions qu'on peut retrouver aujourd'hui, dans la noblesse, la race germanique ; dans les habitants des campagnes, la race gauloise. Quant à la race romaine, c'est dans les villes, et surtout dans le Midi qu'on en trouverait la trace. Ces marchands qui s'enrichissent par le commerce, ces magistrats dont les familles sont successivement anoblies, ces prêtres nés dans le peuple qui honorent leur caste par

leur science et leur éloquence, descendent cer-
tainement de familles romaines. Les Romains
qui s'établissaient en Gaule étaient suivis d'une
foule d'affranchis et d'esclaves de toutes nations,
Grecs surtout, et qui sait si les ouvriers qui ont
relevé peu à peu l'industrie ne retrouveraient
pas leurs aïeux à Tyr ou à Carthage, si les artistes qui ont élevé les merveilleuses églises du
moyen âge n'avaient pas dans les veines le sang
de quelque esclave issu des races divines de la
Grèce ?

Presque à chaque siècle les enfants des
vaincus tentèrent d'inutiles efforts pour sortir
d'esclavage. Les habitants des villes essayèrent
de relever sous le nom de communes l'organisation des municipes romains. Mais ces efforts
n'eurent jamais l'unité sans laquelle il n'y a pas
de victoire. Puisse la lutte qui se prépare être
la dernière. Il ne doit pas rester pierre sur pierre
de l'édifice fondé par la conquête. Je ne sais ce
que l'avenir réserve à la France, mais qu'il soit
d'abord fait place nette, la société qui va finir
ne laissera pas un regret.

THÉAGORAS A CALLICLÈS.

La religion est le principe et la sanction des
lois : les formes politiques sont le miroir des
idées religieuses. Une révolution ne peut triompher si elle ne transforme les croyances des

peuples en même temps que leurs institutions. Crois-le bien, Calliclès, si les descendants des Romains n'ont pu s'affranchir des Barbares, ce n'est pas parce que leurs efforts étaient isolés, c'est parce qu'ils ont conservé la religion des conquérants. Le dogme chrétien t'expliquera les sociétés modernes.

Je ne connais pas le christianisme. Lorsque je vivais à Alexandrie, parmi les mille superstitions étrangères qui inondaient l'empire, quelques sectes se disaient chrétiennes et s'accusaient entre elles de toutes sortes de crimes et d'infamies ; je ne pouvais les juger sur leur témoignage réciproque. Puisque le christianisme a triomphé il doit contenir un principe divin, car l'humanité ne se trompe pas pendant quinze siècles. Mais l'oubli d'une vérité devient une erreur ; puisqu'il n'a pu tirer le monde de la barbarie, le christianisme doit avoir méconnu quelque grande loi morale. Compare la religion chrétienne à la nôtre.

Les Dieux sont la vie des peuples ; ils en répondent devant l'histoire. Tout arbre sera jugé par ses fruits. Le polythéisme qui a produit la civilisation grecque peut bien être blasphémé par l'ingratitude et l'impiété des races barbares, mais il a révélé au monde le droit et la beauté, la morale et l'art ; il n'a rien à redouter du jugement de l'avenir. La Grèce est morte pour l'avoir abandonné. Que l'humanité fouille dans les ruines de nos temples, elle y retrouvera le principe de vie qui assurera le triomphe de la révolution et le salut du monde.

LETTRES DE CALLICLÈS SUR LE CHRISTIANISME

LE DOGME CHRÉTIEN

Le Dieu des chrétiens naquit et vécut en Judée ; des hommes, partis de Judée répandirent son culte parmi les Juifs établis en Grèce et à Rome, et après trois siècles le christianisme remplaça la religion grecque dans tout l'empire. Les barbares d'Occident l'acceptèrent, et il est resté jusqu'aujourd'hui la religion des races européennes. Il semble d'abord étrange que les peuples éclairés de l'empire romain aient sacrifié leurs traditions religieuses à celles d'une petite nation qu'ils regardaient comme barbare ; mais lorsqu'on étudie le christianisme, on reconnaît bientôt que le génie grec a eu la plus large part dans la formation de ses dogmes et de sa morale. Aux jours de sa jeunesse la Grèce enfanta la religion d'Homère et de Phidias ; vaincue par l'âge, épuisée par les efforts surhumains de son génie, avant de s'endormir dans le Bas-Empire, ce long sommeil peuplé de mauvais rêves, elle légua aux races nouvelles, l'enfant de sa vieillesse, le Verbe, le dernier-né de ses Dieux.

L'introduction du christianisme en Grèce se rattache aux noms de saint Paul et de saint Jean, comme celle du polythéisme au nom d'Orphée. Si les premiers hymnes des Pélasges et des Thraces nous avaient été conservés, ils nous sembleraient aussi différents de la théogonie d'Hésiode que la doctrine de Moïse des dogmes chrétiens. A quinze siècles d'intervalle, un germe divin, sorti de l'Orient, se développa aux rayons fécondants du soleil de la Grèce.

Quelque nom qu'il donne à ses Dieux, l'Orient n'adore que la force. Devant les formidables puissances qui l'étreignent et l'écrasent, l'homme humilié ne peut que supplier et obéir. La loi descend du ciel au milieu des éclairs ; les peuples la reçoivent à genoux et l'exécutent en tremblant. Cette loi, c'est la soumission muette ; elle a pour unique principe l'autorité, pour sanction la crainte, pour gardien le glaive. Le gouvernement des États, comme celui du monde reproduit toutes les formes du despotisme.

A peine les dogmes de l'Orient ont-ils touché le sol de la Grèce qu'ils sont transformés. L'homme cherche son idéal en lui-même. Cet idéal, c'est l'harmonie, qui se révèle aux sens par les divines proportions du corps humain, à l'esprit par la conscience du droit. Regardant autour de lui, l'homme retrouve l'idéal humain, dans l'ordre universel (κόσμος). Cette révélation de l'Ordre, c'est la loi ; dans le monde physique, c'est la beauté ; dans le monde moral, c'est

la justice. Au lieu de voir dans la nature des
forces aveugles, l'homme y voit des lois vivantes : ces lois sont les Dieux. Il les conçoit à son
image : les Dieux d'Homère ressemblent à des
héros, et les héros s'élèvent au rang des Dieux. Le
polythéisme grec naît de la poésie et la cité s'ordonne comme un poème. La loi ne descend pas
d'en haut, elle naît du concours harmonieux des
volontés unies, elle est la sauvegarde et le lien
vivant des droits individuels. Elle a pour principe la justice, pour but la liberté, pour gardien
le devoir, pour sanction la conscience, pour
forme la république.

Mais la philosophie détrôna les Dieux du peuple, les Dieux humains nés sur la lyre des poètes.
L'Asie, vaincue, répandit ses dogmes sur l'Occident, et des Dieux étrangers envahirent l'O-
lympe. La Grèce affaiblie, perdit sa liberté en
même temps qu'elle renia ses Dieux. Le dogme
de l'unité divine s'étendit sur le monde avec la
monarchie. Au peuple qui demandait des Dieux
humains, les tyrans répondirent par leurs mons-
trueuses apothéoses ; la domination d'un homme
sur les autres est quelque chose de si étrange,
que les empereurs pouvaient bien se croire des
Dieux.

En même temps que les croyances de l'Orient
pénètrent en Grèce, la philosophie grecque en-
vahit l'Orient. De la Judée, placée sur la limite
des deux mondes, sort le dogme nouveau, qui
doit être la synthèse du passé. Il naît de la philo-

sophie grecque, comme le polythéisme était né
de la poésie ; la Parole de Platon, cette lumière
qui illumine tout homme venant en ce monde,
en qui se confondent la raison divine et la sagesse humaine, c'est l'Homme Dieu, il s'incarne
dans le sein d'une vierge ; la pureté de l'âme
engendre la divine vertu. N'est-ce pas le génie
de la Grèce, ce souffle créateur, ce Saint-esprit
aux ailes de colombe qui la féconde sans la flé-
trir ?

Le fruit de cet hymen mystique de l'Orient
et de l'Occident, né dans une étable, d'une humble famille d'ouvriers qui descendent des rois
de l'Asie, représente l'unité fraternelle de la famille humaine. A peine est-il né, les mages de
la Perse l'adorent dans son berceau ; puis, sa
mère, la Vierge d'Orient, le conduit en Égypte.
Il reçoit de la Perse le dogme du mauvais principe et des hiérarchies célestes et infernales, de
l'Égypte le dogme de la résurrection des morts.
Après des années de méditations mystérieuses,
il apporte au peuple la bonne nouvelle : haï des
riches, béni des pauvres, c'est pour ceux-ci qu'il
multiplie le pain mystique de sa parole, l'inépuisable pain de la charité. Toujours suivi d'une
troupe de mendiants et de filles perdues, il pré-
fère le repentir à l'orgueilleuse vertu des heureux du monde, et à la vaine sciences des prêtres l'humble simplicité des pauvres d'esprit ; il
promet le ciel aux petits enfants. Il guérit les in-
firmités de la pauvre espèce humaine, il ouvre

les yeux des aveugles à la divine lumière, il ressuscite les morts à la vie éternelle.

Le rédempteur du monde nouveau, fils du Saint-esprit des sages, n'est pas un héros dompteur de monstres, c'est un philosophe ennemi des prêtres et entouré de ses disciples. Il révèle au monde le grand mystère de l'âme, la rédemption par la douleur, et, comme Socrate, il consacra sa doctrine par sa mort. Abandonné de tous, vendu par son disciple, renié par son ami, bafoué par le peuple, raillé par les juges, il meurt sur une croix, entre deux voleurs ; lui, la vertu vivante, il souffre et meurt pour le salut de ses frères ; il lave dans son sang les souillures du monde, il réconcilie la terre et le ciel.

Comme Héraclès avait délivré le Titan ravisseur du feu des vautours du Caucase, le Christ délivre des chaînes du péché et de l'empire de la mort la race d'Adam, coupable d'avoir volé le fruit de l'arbre de la science. Dans le médiateur nouveau se confondent le dogme oriental de l'incarnation et le dogme grec de l'apothéose ; c'est un Dieu qui se fait homme pour sauver le monde, c'est un homme qui s'élève au ciel par la vertu. Le culte de l'homme, cet anthropomorphisme qui est le caractère spécial des religions grecques, arrive ici à son dernier terme. L'homme ne s'adore plus dans sa force, attribut qu'il partage avec les Dieux, mais dans sa misère et sa faiblesse, dans sa douleur et dans sa mort, et surtout dans sa plus haute expression morale, le dévouement et le sacrifice.

Mais le christianisme greffa le dogme de l'Homme-Dieu sur l'arbre fatal du monothéisme, qui étouffe la vie sous son ombre. La Judée était arrivée à l'idée de l'unité divine par l'exaltation du sentiment national ; l'Occident s'en rapprochait peu à peu par l'affaiblissement du sentiment républicain. Le christianisme en fit la clef de voûte de son dogme. A côté du culte des vertus humaines il plaça le culte de la force : à côté, presque au-dessus du fils de l'homme, du Dieu rédempteur, le Dieu jaloux du désert, le Tout-Puissant, l'Eternel, devant qui l'homme abaissé, écrasé, anéanti, sait bien qu'il est poussière et qu'il retournera en poussière. Ces deux principes contradictoires se fondent dans une unité mystérieuse avec le Saint-Esprit, dont le caractère mal déterminé est rendu plus indécis encore par une perpétuelle confusion, entre son rôle et celui du Verbe dans la Trinité. Mais devant les énigmes du dogme, que dix-huit siècles de subtiles discussions n'ont pas éclaircies, l'autorité religieuse impose silence à l'inquiète curiosité de l'homme, et la raison, divinisée tout à l'heure, n'a plus qu'à se renier elle-même, devant le livre fermé des hiéroglyphes divins.

Le premier germe du christianisme se manifesta en Judée par le dogme égyptien de la résurrection. Ni l'idée grecque de l'immortalité de

l'âme, ni l'idée orientale de la métempsycose ne
pouvaient s'établir chez les Juifs, le seul peuple
de l'antiquité qui n'ait pas cru à la vie future,
mais l'annonce d'une prochaine résurrection y
favorisa l'établissement de la nouvelle doctrine.
Plus tard, lorsque la fin du monde eut été re-
culé de siècle en siècle, malgré la promesse des
oracles sacrés, la croyance à la vie future se
rapprocha chez les peuples chrétiens de la
forme spiritualiste que lui avait donnée la
Grèce. Mais déjà depuis longtemps le christianisme, mal accueilli dans le pays qui avait été
son berceau, s'était développé en Grèce, et ses
dogmes principaux avaient été formulés par les
Pères platoniciens de l'Eglise grecque. Le peuple voyait dans le Christ le Dieu des faibles et
des pauvres, un rédempteur moral, un nouvel
Hèraclès, celui qui devait succéder à Zeus, d'a-
près l'oracle de Promètheu ; les philosophes
reconnaissaient en lui la Raison de Platon. Chez
les platoniciens d'Alexandrie, chrétiens ou
païens, la doctrine est la même, la différence
n'est que dans la forme dont ils revêtent leurs
idées. Les uns veulent transformer les mythes
nationaux, les autres adoptent une tradition
étrangère. C'était au monde à prononcer ; mais
la Grèce avait perdu le culte de ses traditions
en même temps que sa liberté. Alors, au lieu
d'entrer dans le panthéon de Rome, assez large
pourtant pour accueillir tous les Dieux de l'avenir, le Christ planta sa croix au milieu des dé-

bris de nos temples, et dressa son Eglise sur les ruines amoncelées des œuvres les plus merveilleuses du genre humain.

MORALE CHRÉTIENNE

Tous les symboles religieux expriment un ensemble de conceptions générales sur la nature et sur l'homme. Entre ces deux mondes, l'homme et la nature, il existe un antagonisme qui se traduit, dans la légende grecque, par ceux de Pandore et de Promètheus. Mais l'Orient immole la justice à la force, il écrase l'homme sans justifier Dieu. Dans le livre sacré des Juifs, au juste qui se plaint d'être puni comme un coupable, Iahweh répond, dans l'orgueil de la toute-puissance, par un magnique tableau de la création. Job se tait : qu'est-ce que l'homme, pour entrer en jugement avec Dieu ? Un grec aurait répondu : Seigneur, tu es le plus fort ; mais es-tu le plus juste ? Entre la force et la justice, la Grèce n'hésite pas : elle prend parti pour Promètheus contre Zeus ; en face de la nature et de ses lois immuables, elle pose fièrement la loi spéciale de l'homme, la morale, qui est la notion du juste et de l'injuste.

La morale, fruit spontané de la conscience humaine, est la révélation spéciale que la Grèce a apportée dans le monde. Cette révélation ne pouvait se produire ailleurs, car la morale a le droit pour base, et c'est par le sentiment de sa force que l'homme arrive à la conscience de son droit. Le monothéisme nie le droit de l'homme : il doit aboutir à l'inertie de la résignation et au fatalisme de la grâce. Devant la toute-puissance divine toute moralité disparaît avec la liberté. Dans le polythéisme grec, la destinée, cet ordre abstrait, produit par le concours des lois multiples de la nature, laisse la volonté indépendante et souveraine. Œdipe, que la fatalité a rendu incestueux et parricide, se proclame innocent devant les lois morales qu'il n'a jamais violées volontairement. En dehors de l'enchaînement inflexible des causes, la Grèce élève dans la conscience humaine le temple de la liberté.

Pour les races agenouillées la vertu n'est que l'obéissance ; celle des païens est le développement libre et harmonieux des nobles facultés de l'homme. L'éducation, qui est une introduction à la morale sociale, fait de l'enfant un homme et de l'homme un citoyen. Elle développe le corps par la gymnastique, l'esprit par la science et l'art, le cœur par la culture des vertus viriles, la force, la tempérance, la prudence et la justice. Née du culte de la beauté, la morale antique assure la santé de l'esprit par celle du corps. C'est la morale active du travail ; la paresse est haïe des Dieux, dit Hésiode ; son nom veut dire lâcheté. La sobre jeunesse prélude par les luttes de la palestre à la défense de la patrie, et par cette gymnastique de l'esprit que les Grecs appellent la musique, à l'exercice du droit, qui est la liberté. Le devoir n'est que le respect du droit ; droit, devoir, mots inséparable, qui n'ont de sens que l'un par l'autre, telle est la base de la société antique. Sa règle est l'égalité, c'est-à-dire, la justice. Ce n'est pas une règle aveugle et immobile, c'est une loi vivante : la véritable équité, qui est la conscience humaine elle-même, reconnaît plus de droits au faible, plus de devoirs au fort. De là le respect des hôtes, des suppliants, des orphelins et des vieillards (1).

Lorsque la Grèce, affaiblie par des luttes incessantes, inutilement victorieuse de l'Asie, dut céder, moins devant les armes que devant l'astucieuse politique de Rome, elle avait du moins, avant de succomber, lancé un dernier défi à la destinée. Cette solennelle protestation contre le règne de la force, c'est la morale stoïcienne du devoir ; fière encore, mais indifférente et passive, elle remplaça la morale active du droit. A toutes les tyrannies qui l'écrasent, l'homme répond par le mépris du sage, et, dégoûté du présent, il cherche la liberté dans le monde intérieur.

Mais ce sublime orgueil qui brave la nature et les Dieux en niant la douleur, dépassait les forces des âmes fatiguées. Il leur fallait la suprême consolation des larmes. Cette tendresse féminine, cette humilité maladive qui manquait à la morale stoïcienne, le christianisme la lui donna. Déjà Epicure avait fait du devoir un

1 Hésiode. *Op. et dies*, 325.

plaisir, le christianisme fit du sacrifice un besoin du cœur ; il remplaça le langage austère de la loi par l'irrésistible mélodie de l'amour. Deux préceptes résument la morale chrétienne : aime Dieu par-dessus toutes choses, aime ton prochain, comme toi-même. L'amour de la patrie, qui avait sauvé les républiques de la Grèce des formidables invasions de l'Orient, pouvait s'étendre, dans la pacifique unité romaine, à ce sentiment moins ardent et plus large que Cicéron appelle la charité du genre humain. Quand les Barbares envahirent l'empire, on sait ce qu'il en coûta au monde pour avoir proscrit le culte viril de la patrie.

Pour le chrétien il n'y a pas d'autre patrie que le royaume de Dieu. Il n'y a pas même de famille. Que sont les liens de la chair et du sang, près des liens sacrés de l'amour divin. Ma mère et mes frères, dit le Christ, sont ceux qui écoutent ma parole et l'accomplissent. Quiconque ne hait pas son père et sa mère à cause de moi, n'entrera pas dans mon royaume. Que chacun prenne sa croix sur ses épaules et me suive. — Seigneur, permets-moi d'abord d'ensevelir mon père. — Laisse les morts ensevelir leurs morts et suis-moi. — Où, Seigneur ? — Au désert ; parmi les épines et les ronces, dans les rudes sentiers du calvaire de la vie, sous l'ardent soleil de la Thébaïde.

Mais tous les rêves du passé, tous les spectres pleurés du bonheur nous attendent, au milieu du recueillement muet des immenses solitudes. L'amour était si doux sous le ciel de la Grèce, sous le calme regard de nos Dieux indulgents. Il n'y a plus d'amour : heureux ceux qui ont châtré leur cœur pour le royaume de Dieu, heureuses les vierges, les lis immaculés du paradis, les blanches fiancées voilées du céleste époux. Et la volupté est maudite, elle, la créatrice, l'irrésistible, l'amante éternelle qui nous souriait sur l'écume des vagues. Elle est maudite, la loi divine, la mère féconde, la sainte nature. Et les Dieux du bonheur et de la vie apparaissent transformés en Démons irrités pendant les longues nuits du cloître, peuplées de menaçants fantômes et de magnétiques tentations. Redoublez d'austérités et de prières, broyez la chair condamnée sous la macération et le jeûne, déchirez les seins palpitants sous le fouet des disciplines, sous les griffes de fer. Quelques jours encore, la lutte touche à son terme. Une seule défaite après tant de combats serait la damnation éternelle. Courage, aux armes, à la prière ! Dieu enverra ses légions d'anges au secours de ses saints. — Ceignez l'auréole d'or, cueillez les palmes immortelles, le ciel va s'ouvrir, le ciel serein de la conscience, et le corps crucifié sera transfiguré dans la gloire, et l'âme victorieuse se reposera dans la paix reconquise, dans l'éternelle contemplation de son Dieu.

C'est ainsi qu'ils faisaient de la vie un com-

bat, ces vaillants athlètes de la solitude. Comme
ils ont bien conquis le ciel ! Et quand le jour
dissipait les visions impures, ils recommençaient
leurs éternelles prières, car la vie n'est que la
méditation de la mort, et quelle œuvre humaine
est possible devant la pensée de la fin prochaine ?
Marie a choisi la meilleure part. Le travail est
condamné ; songer à la vie du lendemain c'est
douter de la Providence : voyez les oiseaux du
ciel, ils ne sèment ni ne moissonnent, et votre
père céleste les nourrit. Voyez les lis des champs,
ils ne travaillent ni ne filent, et Salomon dans sa
gloire n'était pas vêtu comme l'un d'eux. Le travail même de la pensée est coupable. La science
est une curiosité impie, c'est par elle que le
péché est entré dans le monde ; les mystères de
la nature sont les secrets de Dieu. Que la raison
s'incline devant la foi. Le royaume du ciel appartient aux simples, aux humbles, aux petits
enfants. Interroger Dieu, c'est pécher par orgueil : l'orgueil a perdu les anges ; les saints du
désert, ces forts lutteurs de l'âme, qui domp-
taient la toute-puissante nature, seraient dam-
nés par l'orgueil s'ils se glorifiaient dans leur
vertu. Il n'y a de sagesse que dans la foi, de
grandeur que dans l'obéissance, de force que
dans l'humilité. Car toute force vient d'en haut,
l'homme n'est sauvé que par la grâce divine,
nul n'est pur devant Dieu, pas même l'enfant
dans le sein de sa mère. Dieu trouve le mal
même dans ses anges, et combien plus dans

ceux qui habitent des maisons d'argile, qui sont nés de la poussière et qui seront rongés des vers !

L'Évangile ne contient que des préceptes de morale individuelle, aucun de morale politique. Le Christ a refusé les royaumes de la terre ; il est roi du monde intérieur. La terre est l'empire du Dieu du mal. Que les saints se retirent au désert, pour attendre dans le renoncement et la prière le jour prochain de la fin du monde. La cité de l'Évangile c'est le monastère. On a dit que la république de Platon était un rêve, une *utopie* ; que dire d'une société qui proscrirait le travail et l'industrie, la science et l'art ? Si une telle société pouvait vivre, qui la défendrait contre l'oppression d'un tyran ou l'invasion d'un ennemi ? Les premiers disciples du Christ voulurent, dit-on, une république de frères, égaux dans la pauvreté, sans propriété ni hiérarchie, car le maître avait dit : bienheureux les pauvres ! que le premier d'entre vous soit le serviteur des autres. Mais, sur douze apôtres, n'y eut-il pas un traître ? Que deviendront les saints, si l'impie peut impunément braver la loi. Loin de résister à l'oppression et à l'injustice, le chrétien offrira à son Dieu ses souffrances en holocauste, il ressemblera à son divin maître qui fut fouetté, crucifié et couronné d'épines. Que les Barbares envahissent ses champs, que les tyrans le torturent, que les impies le dépouillent, qu'importe ! la douleur et la pauvreté sont bénies, bienheureux ceux qui pleurent, bienheureux les pacifiques, bienheureux ceux qui sont persécutés. Si quelqu'un te frappe sur la joue droite, présente-lui l'autre, et à celui qui veut t'enlever la tunique abandonne encore ton manteau.

L'homme ne peut conquérir l'égalité que par la conscience de ses droits ; le christianisme ne lui parle que de ses devoirs. L'Evangile rend à César ce qui est à César : s'il n'établit pas le despotisme, il le consacre et le laisse régner en paix. Devant le dogme de l'unité et de la toute-puissance de Dieu l'homme n'a pas de droits. Tout pouvoir vient de Dieu, l'oppression est une épreuve, et le chrétien l'accepte pour lui et pour ses enfants. Dans la religion de la force, l'homme se soumet à la loi du devoir en courbant la tête et pliant les genoux. Dans la religion de la justice, il conquiert et défend son droit par le glaive ; la Grèce appelait le Dieu de la guerre l'appui et le soutien de la justice (1). Le jour où Constantin fit du christianisme la religion de l'empire, l'empire fut condamné ; sa force était dans ses traditions. Julien le comprit : il voulut arrêter la chute du vieux monde en relevant les temples des Dieux ; mais il mourut sous une arme romaine ; les chrétiens tendirent la main aux Barbares, et, au lieu d'une république fraternelle, la servitude et l'oppression couvrirent la terre.

(1) Homère. Hymne.

SÉLÉNIS A CALLICLÈS

Depuis tes dernières lettres, des pensées confuses m'agitent. Mon ami, mon fiancé, ton absence m'attriste et m'inquiète. Ces mystères de l'âme dont tu parles peuvent aussi troubler la paix des morts. Le monde orageux de la passion s'ouvre pour moi. Tu m'aimais comme un sculpteur aime une forme idéale, et les siècles passaient comme des heures ; mais ces filles du monde nouveau, nourries dans le culte fortifiant de la douleur et du sacrifice, te feront dédaigner notre bonheur calme et ce rêve éternel d'un amour sans combat. Que suis-je auprès d'elles, moi qui n'ai ni lutté ni souffert ? La douleur épure et sanctifie ; si je revenais sur la terre, à tous les Dieux du bonheur et de la vie je préférerais ce Dieu mort qui n'ouvre son ciel qu'à ceux qui ont pleuré.

CALLICLÈS A SÉLÉNIS

Au jour de sa passion et de sa mort, abandonné par ses amis et renié par son apôtre, le Christ vit des femmes en pleurs sur le chemin de son supplice. Quand il sortit du tombeau, des femmes saluèrent sa résurrection. Sur les

débris de son dernier temple des femmes vien-
dront prier. Pour prix de leur foi dans son culte,
qu'a-t-il fait pour elles depuis qu'il est Dieu du
monde?

Dans l'Olympe antique, des Déesses siégeaient
avec les Dieux ; dans les temples, les oracles divins étaient rendus par des prêtresses aussi bien
que par des prêtres. Chez les chrétiens le Dieu
unique s'incarne sous la forme d'un homme ; le
principe féminin n'entre pas dans la Trinité. En
vain, malgré le rôle inférieur que lui fait la légende, la mère de Dieu est élevée par la conscience populaire au plus haut du ciel et chaque
jour plus près de son fils ; le culte, plus inflexible
que le dogme lui-même, repousse la femme au
pied de l'autel. Elle est l'instrument du Démon
et la source de la damnation du monde, ses
mains ne sont pas assez pures pour offrir le sacrifice, sa bouche ne peut annoncer au peuple
les paroles divines. En excluant les femmes du
sacerdoce, la plus haute fonction dans l'ordre
moral, le christianisme proclame d'une manière
éclatante leur infériorité ; un de ses fondateurs
a dit : l'homme a été créé pour Dieu, la femme
a été créée pour l'homme.

La femme s'agenouille devant le prêtre, confesse ses fautes et implore son pardon. L'homme
revêtu d'un caractère sacré l'interroge comme
un juge, lui impose la pénitence expiatoire,
éclaire sa conscience obscure et la dirige dans
tous les actes importants de sa vie. Guide spiri-

tuel de ses pensées, lui seul est son véritable époux; un autre est maître de son corps, mais le prêtre gouverne son âme. N'abusât-il jamais de ce terrible ministère, s'élevât-il toujours au-dessus de l'humanité, que devient le lien conjugal devant un si auguste pouvoir, que deviennent même les liens de famille? Le prêtre connaît les pensées que la femme n'ose avouer à son mari, que la fille n'ose avouer à sa mère.

Aussi la femme n'est-elle pour son mari qu'une étrangère, le mariage qu'une combinaison d'intérêts. Dans ce qu'on appelle la haute société, on rirait d'un homme qui aimerait sa femme. Mais l'amour est un Dieu plus puissant que toutes les lois humaines; s'il est banni du foyer conjugal, l'homme le cherche au dehors. La séduction est devenue un art; on lui donne un nom qui peint bien les mœurs : ruiner l'avenir d'une femme s'appelle avoir une bonne fortune. On s'en vante comme d'un mérite, et les femmes même feraient peu de cas d'un homme inhabile à les tromper. Tous les mensonges sont permis à l'homme, la femme seule est déshonorée; voilà la morale moderne.

Cette servitude des femmes est soigneusement voilée sous un culte apparent qui est une des lois de la chevalerie. A côté de cette hypocrite dévotion qui est le mensonge de la piété, les nations modernes ont la galanterie qui est le mensonge de l'amour. Entourée d'une cour empressée qui la flatte et la méprise, la femme prodi-

gue à tous ses sourires excepté à celui qu'elle a
juré d'aimer. Est-ce par allusion à cette royauté
dérisoire que j'entends dire ici : le christianisme a affranchi la femme ? J'ai cherché cette
femme libre chez les chrétiens, je n'ai trouvé
que l'épouse infidèle. Le mariage sans amour
est une chaîne trop lourde ; les âmes fortes la
subissent comme la plus dure de leurs épreuves
terrestres, les autres peuvent s'y soustraire par
la trahison, qui est la vengeance des esclaves. Si
la femme séduite est déshonorée, le mari trompé
est ridicule. La raillerie est l'arme des faibles,
et les deux sexes sont toujours en état de guerre
dans cette société qui a proscrit l'amour. La foi
conjugale, base de la famille, est l'objet de continuelles moqueries, et l'adultère, si rare dans
l'antiquité, que nos poètes l'attribuent toujours
à une vengeance de quelque divinité irritée, est
devenue le thème inépuisable de la littérature
moderne.

Tour à tour maîtresse despotique et esclave
dégradée, la femme humilie l'homme devant ses
caprices jusqu'au jour où il l'écrase sous son
mépris. Où est la liberté promise ? Pour la
femme comme pour l'homme, la liberté est dans
la conscience de sa dignité morale. La femme
antique n'étale pas son esprit et ses charmes devant une multitude oisive. Assise au fond du
gynécée, ignorée de la foule, nul ne parle d'elle.
Elle élève pour l'avenir des générations saines
et fortes. L'étranger baisse les yeux devant sa

chasteté voilée ; celui qui seul peut la connaître l'honore comme le génie tutélaire du foyer domestique, son trône, ou plutôt son sanctuaire ; il l'aime d'un amour grave et profond, comme on aime la patrie. Voilà la femme antique, Pénélope ou Andromaque, Lucrèce ou Cornélie ; elle est la même dans la poésie et dans l'histoire, et les poètes modernes ne la retrouveront pas plus que les sculpteurs ne retrouveront les formes sacrées de nos Dieux et de nos Déesses.

O Sélénis, tu crains d'être oubliée pour les filles du monde nouveau, toi, ma compagne idéale. Si tu pouvais les connaître, et les comparer à Antigone, à Nausicaa, à tous ces types charmants de simplicité virginale, de pieuse tendresse, de bonté hospitalière que j'ai trouvés réunis en toi. Je t'aime, dis-tu, comme un sculpteur aime une forme divine ; ajoute : comme un poète aime la création de sa pensée. Quel amour vaut celui-là, et la femme qui réalise ainsi nos rêves, n'occupe-t-elle pas la première place après les Dieux ?

LETTRES DE CALLICLÈS
SUR LA SOCIÉTÉ MODERNE

I. — DE LA THÉOCRATIE

Le polythéisme, ayant pour base la liberté, ne pouvait engendrer une théocratie. En Grèce,

le sacerdoce n'est qu'une fonction civile ; le culte
y est toujours mêlé à la vie politique dans des
fêtes à la fois nationales et religieuses. La religion est la vie du peuple, elle est mobile comme
lui ; les dogmes se transforment selon le caractère des races ou le génie des poètes, car la
poésie qui formula les dogmes peut aussi les
modifier. Jamais les poèmes d'Homère, d'Hésiode ou d'Orphée n'eurent l'autorité des livres
sacrés chez les peuples théocratiques. D'ailleurs
toutes ces altérations ne sont qu'extérieures ; la
forme des mythes peut varier, l'esprit reste le
même. Le sens primitif des symboles est conservé par les initiations ; le dépôt sacré de la
tradition est confié à la garde du prêtre dont
l'autorité est renfermée dans le temple comme
celle du général dans le camp. La place publique
appartient à tous.

La Grèce païenne ne connut jamais les disputes ni les persécutions religieuses. Le polythéisme classe toutes les conceptions particu-
lières dans une unité sans hiérarchie, comme la
nature dont l'harmonie résulte du concours des
lois et des volontés ; unité républicaine, la seule
que la Grèce pût admettre, parce qu'en religion
comme en politique c'est la seule qui se conci-
lie avec la liberté. Rome étendit cette unité à
tous les cultes comme à tous les peuples de son
empire. Tous les cultes prirent place dans le
panthéon romain, tous les peuples dans la cité
romaine. Les modernes, qui préfèrent la paix

aux agitations de la liberté, doivent reconnaître
dans le siècle des Antonins l'époque la plus heu-
reuse de l'histoire du monde.

La tolérance des Romains ne pouvait s'étendre à ceux qui menaçaient la paix publique. Les
druides gaulois, les prêtres juifs essayaient souvent de réveiller le sentiment national par l'agi-
tation religieuse ; ces mouvements étaient com-
primés à cause de leur caractère politique. Les
querelles incessantes des chrétiens et des juifs
troublèrent le repos de Rome dès le temps des
premiers empereurs qui les chassèrent d'Italie
les uns et les autres. Le monothéisme exclusif
des chrétiens les empêchait de respecter dans
les autres la liberté qu'ils réclamaient pour eux-
mêmes ; cependant les Romains ne pouvaient
leur permettre de briser les statues des Dieux.
Le peuple, dont ils troublaient les prières et
les sacrifices, et qu'une secte excitait souvent
contre une autre secte, demandait la punition
des sacrilèges qui insultaient publiquement la
religion de l'empire. Les chrétiens couraient au-
devant de cette punition et appelaient le mar-
tyre comme un triomphe. Lorsqu'ils devinrent
assez nombreux pour former un parti puissant,
Dioclétien, qui les avait longtemps favorisés,
crut son autorité menacée, et voulut les répri-
mer. Cette persécution, dont on peut retrouver
le caractère politique à travers la légende, eut
pour effet de constater leur force et leur nombre, et Constantin s'appuya sur eux pour arri-

ver à l'empire. Dès lors, en même temps qu'on anéantit par un ensemble de violences atroces ce qui restait de polythéisme, les querelles des sectes chrétiennes ne cessèrent d'ensanglanter le monde. La secte qui triomphait prenait le titre d'orthodoxe, et se servait de la puissance séculière pour persécuter ceux qui pensaient autrement qu'elle.

Si la terre eût reconnu dans le Christ le dernier né des Dieux de l'Olympe, sans doute il eût reçu dans le panthéon les plus nombreuses prières, puisqu'il devait succéder à Zeus d'après nos anciens oracles ; mais le droit et la justice n'auraient pas disparu du monde, et, au lieu de se courber sous l'inflexible niveau de l'unité religieuse, la conscience humaine eût gardé sa liberté sous l'abri protecteur du polythéisme. Le sacerdoce fût resté ce qu'il était en Grèce, une fonction civile, et les prêtres chrétiens, renfermés comme tous les autres dans l'enceinte de leurs temples, au lieu de gouverner le monde, auraient eu leur part de la liberté de tous. L'art n'aurait pas été anéanti dans la destruction de nos temples, la poésie et la science n'auraient pas disparu avec les livres de nos philosophes et de nos poètes. Armé du prestige de ses traditions séculaires, l'empire eût repoussé l'invasion des Barbares, ou bien il les eût admis comme colons sur des terres dépeuplées, pour renouveler le sang épuisé du vieux monde, et les eût élevés à la civilisation au lieu de se plonger dans leur barbarie. Julien avait bien su les contenir en Gaule ; un autre héros, Stilicon, plus que soupçonné de paganisme, arrêta quelque temps la ruine de l'Italie. Mais les chrétiens avaient renversé la statue de la Victoire ; pour eux les Barbares étaient les fléaux de Dieu chargés de punir Rome de sa fidélité au culte des ancêtres. Loin de leur résister, ils les appelaient. Une faible lueur brilla quelques jours encore en Italie : un philosophe païen, Boèce, devenu ministre d'un roi barbare, parvint presque à civiliser les Goths ; mais il mourut martyr, et le monde rentra dans la grande nuit.

Mais les peuples, comme les hommes, ont une âme immortelle. Ils peuvent s'endormir dans le sommeil ou dans la léthargie, leur nom peut être rayé de la terre, leur pensée leur survit et plane encore sur leur tombeau. L'âme virile de Rome ne pouvait mourir avec sa puissance. Les papes recueillirent les traditions politiques de la ville éternelle, et Rome gouverna le monde par sa pensée comme autrefois par ses armes. Pendant tout le Moyen âge, l'Eglise poursuivit le rêve grandiose de l'unité de l'empire. Cette domination mystérieuse est le règne d'une ombre : ni armées, ni villes fortes ; c'est le principe chrétien de l'esprit qui asservit la matière. Les papes ont à peine un coin de terre en Italie : ils gouvernent les peuples et découronnent les rois. Ils ont pour arme unique la puissance morale de l'idée religieuse, pour légions cette milice merveilleusement disciplinée du clergé catholique. Le sacerdoce ne forme pas chez les chrétiens, comme dans l'Inde et dans l'Egypte, une caste héréditaire : voués au célibat, les prêtres n'ont pas de famille, et leurs richesses toujours croissantes sont le patrimoine de l'Eglise. Ils n'ont pas de patrie : au milieu de la variété des dialectes barbares, ils conservent la langue de l'empire devenue la langue sacrée. A côté de la caste héréditaire des conquérants, ils forment une caste mobile qui se recrute parmi les vainqueurs et les vaincus et semble dans ces temps de violence aveugle, le seul asile de la liberté.

Mais cette puissance tyrannique qu'ils exercent sur les consciences par les sacrements et surtout par la confession, les prêtres y sont soumis eux-mêmes. Le despotisme des conquérants n'asservit que le corps, le despotisme théocratique s'étend à l'âme. La force du clergé catholique est dans son unité : toute pensée libre est une hérésie, toute hérésie est un crime. Contre ce crime l'Eglise a une arme terrible, l'excommunication. Du jour où l'Église gouverne les puissances du monde, celui qui est retranché de la communion des fidèles est bientôt retranché du nombre des vivants. Ces sacrifices humains que le monde avait oubliés se renouvelleront pendant toute la période chrétienne.

Dans l'intervalle de repos entre deux hérésies, on persécutait les Juifs. Ce peuple expia durement pendant tout le Moyen âge le don funeste qu'il avait fait au monde. Car ce n'est pas le Dieu humain que la Grèce revendique comme un de ses fils, le Dieu ennemi des prêtres et crucifié par eux, qui courba l'humanité sous le joug de la théocratie. Lui qui prêche le mépris des biens terrestres, lui dont le royaume n'est pas de ce monde, aurait-il dit à son Eglise d'usurper le sceptre et le glaive ? Non, c'est le Dieu de la théocratie juive, qui promet à son peuple de longs jours sur la terre, et de bonnes villes qu'ils n'ont point bâties, et des oliviers qu'ils n'ont point plantés. Le Christ, qui n'a jamais enseigné un dogme, qui prêchait la foi humble des petits enfants, a-t-il pu demander la proscription des hérétiques et des infidèles ? Non, c'est le Dieu solitaire et implacable du Sinaï, qui extermine devant son peuple ceux qui suivent des Dieux étrangers, qui ordonne aux fidèles de lapider leurs fils et leurs frères s'ils adorent d'autres Dieux que lui. Le Christ qui disait : Heureux les pacifiques, et qui ordonnait le pardon et l'oubli, est-ce lui qui boit le sang des hécatombes humaines et qui allume les bûchers de l'inquisition ? Non, c'est le Dieu jaloux des déserts d'Arabie, celui dont la colère est un feu dévorant, celui qui punit sur les fils jusqu'à la quatrième génération les péchés des pères, celui qui ordonne à son peuple d'exterminer les races vaincues jusqu'aux femmes et aux vieillards et d'écraser sur la pierre la tête des petits en-

fants, celui qui pour laver l'iniquité du monde a
demandé le sang de son fils bien-aimé.

Le monothéisme qui fut pour les Juifs la ga-
rantie de l'unité nationale, les conduisit à proscrire sur leur territoire tous les autres cultes,
et à exterminer les peuples étrangers, mais leur
faiblesse numérique ou leur orgueil national
leur interdisait la propagande hors de leur pays,
et la simplicité de leur dogme leur permettait
de conserver entre eux une certaine tolérance
religieuse. Les chrétiens ôtèrent au monothéisme juif son caractère exclusif et national ;
ils convièrent toute la race humaine à réaliser
leur rêve d'unité religieuse, et leur prosélytisme
fut d'autant plus intolérant, qu'il était ardent et
sincère. En même temps, la complication de
leurs symboles les empêchait de laisser aux
sectes chrétiennes la tolérance mutuelle dont
jouissaient les sectes juives : telle interpréta-
tion du mystère de la Trinité pouvait porter
atteinte au monothéisme ; à moins de renoncer
à leur dogme fondamental, les chrétiens devaient proscrire les hérésies, les doctrines par-
ticulières, avec la même ardeur que les cultes
étrangers.

Ce rêve impossible de l'unité religieuse, que
l'Église avait poursuivi pendant tout le Moyen
âge à travers tant de sang et de ruines, reçut il
y a deux siècles un coup mortel. La richesse du
clergé catholique, la vente publique des grâces
célestes furent le prétexte d'une révolte que

l'invention de l'imprimerie rendit bientôt générale. L'Église ne pouvant cette fois extirper l'hérésie, à la persécution succédèrent les guerres religieuses qui déchirèrent l'Europe, et dont le résultat fut d'enlever à l'unité romaine les peuples de race germanique.

Pour épurer le christianisme, cette hérésie nouvelle aurait dû détruire le dévorant ulcère de la théocratie et de la persécution. Il fallait pour cela attaquer le mal dans sa racine, rendre l'Ancien Testament au peuple juif auquel il appartient, lui laisser ses traditions locales et reprendre la grande tradition du genre humain ; lui abandonner son Dieu national et garder le Christ, le fils du Saint-Esprit de la Grèce, la Raison de Platon, le rédempteur moral, le Dieu de l'humanité. Il fallait substituer au respect judaïque de la lettre morte la révélation successive et permanente de l'esprit vivant ; respecter et développer tout ce qu'avait ajouté au dogme fondamental de l'Homme-Dieu le long travail des siècles : la consolante doctrine du purgatoire que la conscience populaire voulait substituer au dogme impitoyable des peines éternelles, le culte païen des images, qui donne au christianisme un élément divin d'art et de poésie, l'apothéose des saints, cet autre précieux reste du polythéisme, cette pieuse religion des souvenirs. Il fallait accepter franchement l'adoration de la Vierge, réclamée par l'infaillible instinct du peuple, et reconnaître de nouveau la divinité du principe féminin.

Mais la Réforme s'en tint à la tradition juive. En abolissant le culte des images, contraire à l'esprit de la Bible, elle fit de sa religion une véritable philosophie ; mais, elle laissa subsister l'autorité, représentée par un texte immobile. Elle nia le purgatoire dont elle ne trouvait pas la trace dans ses livres, et proscrivit le culte de la Vierge et des saints comme un retour au paganisme. En revendiquant le libre examen des textes sacrés, la Réforme avait du moins affranchi la raison, cette lumière qui éclaire tout homme en ce monde. En annulant l'autorité sacerdotale, elle avait relevé la dignité de la famille et délivré la femme et l'enfant de la tutelle humiliante du prêtre, car l'homme qui dirige la conscience de la femme est son véritable époux, l'homme qui dirige la conscience de l'enfant est son véritable père. Un pasteur protestant n'est pas un directeur de conscience : il prêche les vertus de famille, tâche d'en donner l'exemple et ne confesse pas les femmes des autres.

La Réforme fit peu de progrès chez les peuples de race latine : dans l'Italie, immédiatement soumise à la domination de l'Eglise, la Réforme ne pouvait se produire ; l'Espagne, à l'occasion des Arabes et des Juifs, avait depuis longtemps régularisé les sacrifices humains. Quant à la France, elle eut à traverser des luttes violentes. Ces luttes, malgré le massacre général des réformés dans la nuit de la Saint-Barthélemy, ne furent assoupies que par un édit de tolérance qui fut révoqué au dernier siècle. Tous les protestants qui restaient en France furent traqués dans les montagnes ou chassés du territoire. Le clergé de France, resté en possession de son autorité et de ses richesses, en jouirait en paix jusqu'à la révolution prochaine, sans les querelles théologiques incessantes qui semblent résulter chez lui d'une maladie incurable ou d'un véritable besoin de son organisation.

DE LA CASTE MILITAIRE

Lorsque les tribus germaniques s'établirent sur les terres de l'empire, leurs habitudes de dévouement à la personne de leurs chefs leur firent adopter facilement l'organisation monarchique et aristocratique de la cour des derniers empereurs. Mais cette organisation prit bientôt une forme particulière qui distingua profondément les conquérants germains des Doriens auxquels on les a comparés : au lieu de posséder en commun la terre cultivée par les vaincus, ils se la partagèrent, puis les rois qui avaient la plus large part la distribuèrent entre leurs compagnons les plus fidèles en échange d'un hommage ou engagement de soumission plus directe ; peu à peu tous les propriétaires libres se mirent sous la protection des chefs les plus puissants qui leur confirmèrent à titre de bienfait la terre qu'ils possédaient auparavant d'une manière indépendante, et ainsi s'organisa le système féodal, système matérialiste dans lequel la terre confère à l'homme sa dignité.

De cette dépendance hiérarchique naquirent les interminables guerres du Moyen âge. La soumission du vassal au suzerain, qui devait remplacer chez les peuples modernes le noble dévouement de l'homme libre à la patrie et aux lois, n'a jamais existé de fait. Partout les vassaux puissants ont essayé de s'y soustraire, et la noblesse ne pratique cette vertu de laquais que depuis qu'elle est réduite à l'impuissance. Les conquêtes successives de la monarchie, sa patiente politique ont fini par établir en France l'unité du territoire et ruiner le système féodal. Depuis deux siècles il n'y a plus de grands vassaux. La fidélité de la noblesse est non seulement une nécessité, mais un calcul : oisive et avide, elle ne vit que des aumônes du roi ; les gentilshommes qui mouraient d'ennui dans leurs terres, viennent à la cour mendier les faveurs du maître, attentifs à épier ses sourires et à flatter ses caprices, car ils savent que les commandements et les pensions sont le prix de la servilité.

Dans une société basée sur le privilège, le sentiment dominant devait être la vanité. Humbles devant le prince, insolents envers le peuple, les nobles n'ont qu'un but, celui de soutenir leur rang et de briller à la cour. Leur patri-

moine et les pensions royales n'y pourraient
suffire, mais le besoin de luxe et de richesses,
uni au mépris du travail, leur a donné l'habitude de contracter des dettes qu'ils ne paient
pas. Ne pouvant voler à main armée comme
leurs ancêtres, ils volent par abus de confiance.
Un noble serait ridicule s'ils payait ses dettes
comme un marchand.

La noblesse ne connaît de travaux dignes
d'elle que ceux de la guerre ; elle remplit seule
tous les commandements dans les armées. On
ne peut lui refuser le courage, mais les soldats,
qui sortent tous des rangs du peuple, n'en ont
pas moins que leurs chefs ; c'est une vertu commune à toutes les races d'hommes. Seulement
je ne puis confondre les héros de Marathon,
mourant pour la liberté de la Grèce, c'est-à-dire
pour le salut du monde, avec ces chevaliers de
la décadence romaine qui se mêlaient aux jeux
du cirque et mouraient en braves gladiateurs.
La guerre n'est sainte que pour le citoyen qui
défend sa patrie. Pour la noblesse moderne,
comme pour ses ancêtres les barbares, ce n'est
que le jeu sanglant des épées. A défaut du culte
de la patrie qui n'existe que chez les peuples
libres, ils ont il est vrai celui de l'honneur, mais
ils le comprennent souvent d'une étrange manière : on rougirait de tuer son ennemi au coin
d'un bois, mais l'honneur permet de provoquer
à un combat singulier un adversaire faible et
ignorant le maniement des armes. L'honneur

lui défend de refuser cette provocation, et l'opinion publique, qu'indignerait un assassinat ordinaire, est satisfaite par ce simulacre de combat. Cet usage remonte aux temps barbares : on croyait alors que Dieu ne pouvait laisser succomber un innocent, et le combat était la forme ordinaire du jugement de Dieu. Aujourd'hui on ne croit plus guère à la justice divine ; mais les modernes, qui ont toujours confondu le droit avec le fait, respectent ce qu'ils appellent dans leur langage impie le droit du plus fort.

L'amusement de la noblesse en temps de paix est la chasse. Elle lui est exclusivement réservée, et on punit comme pour un crime le laboureur qui protège sa récolte contre les dévastations du gibier destiné aux plaisirs des nobles. Ceux-ci se réunissent par bandes nombreuses, et à grand renfort de chevaux et de chiens poursuivent toute une journée un pauvre cerf. Il y a quelques chiens d'éventrés, puis on finit toujours par triompher de la malheureuse bête dont on jette à la meute les lambeaux sanglants. Voilà ce qu'un des premiers écrivains de ce temps-ci appelle le plus noble des plaisirs. Ce peuple qui reproche à ses voisins les Espagnols leurs combats de taureaux est encore à demi barbare.

Cependant on trouve dans les sociétés barbares des vertus qui ont été souvent méconnues chez les peuples modernes, par exemple le respect de l'autorité paternelle et le culte de la famille. Les Carlovingiens, les Plantagenets et la plupart des familles royales et princières ont multiplié les exemples d'un crime contre lequel Solon n'avait pas fait de loi parce qu'il le jugeait impossible. La famille a pour sanction dans les sociétés modernes non plus l'affection ou le devoir, mais l'héritage et l'intérêt. Les héritiers attendent l'heure de la succession comme une nuée de corbeaux prêts à s'abattre sur un cadavre. Avant de conclure un de ces traités de commerce qu'on nomme contrats de mariage, on s'informe non-seulement de la fortune actuelle des contractants, mais de leurs espérances ; c'est le mot consacré, il exprime bien les sentiments des héritiers pour leur parents. La loi de l'égalité fraternelle n'est pas mieux observée ; dans la noblesse l'aîné des enfants hérite seul du titre et des biens de la famille, les autres deviennent ce qu'ils peuvent ; autrefois ils cherchaient fortune sur les grands chemins, aujourd'hui ils entrent dans le clergé dont les membres sont voués au célibat ; de là cette multitude de petits abbés galants qui inondent les salons de la noblesse et servent à distraire les loisirs des grandes dames.

La morale chrétienne met le célibat au-dessus des vertus de la famille. La chasteté tient la première place dans l'idéal des peuples modernes. Ils la nomment par excellence la vertu, et s'attribuent sous ce rapport une grande supériorité sur les anciens. La Grèce, en plaçant son idéal dans la nature humaine, avait dirigé l'essor

des facultés de l'homme suivant une loi d'harmonie qui rendait la vertu plus facile et plus
douce. Le christianisme chercha le sien au-dessus de la terre : les forces manquèrent à l'homme
pour y atteindre, et l'histoire morale de sociétés
modernes justifie le mot de l'Évangile : « Beau-
coup d'appelés, peu d'élus. » Le polythéisme
avait admis le célibat comme une exception, par
exemple pour les hiérophantes d'Eleusis, pour
les bacchantes et les vestales, l'Église chrétienne
en fit une loi générale, non-seulement pour les
prêtres, mais pour les communautés religieuses
des deux sexes. Mais si le célibat est une loi, la
chasteté n'est qu'un devoir souvent éludé. Quels
sont les péchés ensevelis dans l'ombre qui for-
cèrent la Réforme à abolir les couvents et la loi
du célibat des prêtres ? Les modernes craignent
bien plus le scandale que le vice : ils ont épuisé
toutes les formes de l'hypocrisie. Le type de
Tartuffe n'existait pas en Grèce ; l'antiquité
mettait la même franchise dans le mal que dans
le bien.

On affecte de juger les mœurs antiques d'après
Suétone, Juvénal, et les satyriques de la décadence du paganisme. Mais la Rome des papes
n'a rien à reprocher à la Rome des empereurs.
Au moyen âge on vit des courtisanes disposer
du trône pontifical ; la famille des Borgia épuisa
toutes les formes de l'inceste, et les Césars valent
bien Alexandre VI. Les princes laïques ne restèrent pas en arrière des princes de l'Église ; la

maison de Charlemagne ne fut pas plus pure que celle d'Auguste, Messaline vaut bien Isabeau de Bavière, Héliogabale vaut bien Henri III. Les orgies de la régence, les turpitudes du Parc-aux-Cerfs sont des souvenirs d'hier. La vie privée du roi actuel est exempte de ces souillures, mais on n'en peut affirmer autant de celle de la reine, si l'on s'en rapporte aux propos des courtisans.

Sans doute la Grèce eut ses erreurs comme tous les peuples ; après avoir blasphémé l'amour pour exalter l'amitié, elle en vint, par une juste punition des Dieux, à souiller l'amitié en la confondant avec l'amour. Mais ce crime, qui se produisit plus tard et plus rarement qu'on ne veut le dire, n'est pas inconnu chez les nations modernes, surtout chez celles où s'est maintenue la beauté de la race ; seulement il n'a plus pour excuse, comme dans l'antiquité, l'excessive chasteté des femmes, toujours retirées dans le gynécée. L'adultère était fort rare en Grèce. Dans Lysistrata, Aristophane suppose une insurrection des femmes contre les hommes ; chacune cherche un moyen de se venger des maris, pas une ne songe à les tromper : c'est la première idée qui se fût présentée à un auteur moderne. On ne peut voir dans la licence du langage d'Aristophane une preuve de la corruption des Athéniens ; l'expression souvent fort libre de la gaieté populaire dans les noces de campagne ou dans les fêtes publiques ne prouve pas que le peuple soit plus dépravé que ce qu'on appelle les hautes classes, où la chasteté, la grande vertu chrétienne, n'est permise qu'aux femmes et aux prêtres, où un jeune homme chaste est l'objet de la risée générale, tandis que celui qui a déshonoré une jeune fille excite l'envie des hommes et l'admiration des femmes. Un père pleure son fils unique, son héritier. Il a souvent vingt bâtards qu'il ne connaît pas. Après la séduction, ce qu'on honore le le plus dans l'homme, c'est l'adultère ; il est reproduit à satiété sur le théâtre et dans les romans. L'adultère, c'est-à-dire la trahison et le mensonge, la corruption qui se cache, le vice hypocrite et lâche, est devenu le seul asile de l'amour dans une société où le mariage n'a pour base que l'intérêt.

Dans la noblesse, l'intérêt l'emporte même sur les préjugés de caste. Les gentilshommes aiment mieux déroger, s'encanailler, comme ils disent, en épousant des filles de riches bourgeois, que de prendre des filles nobles sans dot. Celles-ci sont réduites à s'enfermer au couvent. Les bourgeoises riches échangent avec joie leur argent contre un titre. Dans ce traité, le mari et la femme ne sont l'un pour l'autre qu'un accessoire peu gênant. La bourgeoisie cherche par tous les moyens à se rapprocher des nobles qui la méprisent, au lieu de les attaquer à la tête du peuple qui la suivrait volontiers ; elle retarde ainsi son affranchissement. Depuis un demi-siècle environ elle initie la noblesse à la vie intellectuelle. C'est ainsi que la civilisation pénètra chez les Romains par cette foule d'artistes, de poètes, de philosophes grecs que les patriciens de Rome réunissaient autour d'eux à titre de clients ou d'esclaves. Les nobles, qui se glorifiaient jadis de ne pas savoir écrire, se piquent aujourd'hui de bel esprit et de philosophie. Presque tous les livres paraissent sous le patronage de quelque grand seigneur. Il est triste de voir la pensée réduite à s'humilier devant la puissance, mais ce n'est qu'à cette condition que la société moderne lui permet de vivre. Cette noblesse éclairée prépare à son insu la révolution qui détruira les castes. Telle est d'ailleurs la puissance de la vérité, que plus d'un noble, sincèrement converti aux principes de la morale et de la justice, abdiquera spontanément ses privilèges le jour où l'humanité revendiquera ses droits.

La bourgeoisie dirigera cette révolution, mais elle ne peut l'achever qu'avec l'aide du peuple. Seulement, comme elle aura pour elle la richesse et les lumières, il est à craindre qu'elle n'en veuille profiter seule. Déjà, la monarchie ayant récompensé par des titres la servilité de la magistrature, il s'est formé une sorte de demi-noblesse, appelée noblesse de robe, assez méprisée de la noblesse d'épée. Si l'aristocratie militaire venait à disparaître, on pourrait redouter une féodalité de fonctionnaires comme celle du Bas-Empire, ou bien encore une aristocratie de ban-

quiers, et on peut soupçonner par les financiers
et les fermiers généraux d'aujourd'hui ce que
serait une noblesse d'argent. Quant à la noblesse
d'intelligence, ce serait la pire de toutes s'il
pouvait y avoir des degrés dans l'absurde ; un
peuple l'a réalisée, les Chinois : c'est un peuple
de momies, condamné à une immobilité éternelle. Que les Dieux préservent la France d'une
caste de pédants ! D'ailleurs ce n'est pas telle
application du système aristocratique qui est
vicieuse, c'est le système qui est faux. La supériorité de force, de richesse, d'instruction, est
un avantage assez grand pour satisfaire ceux
qui le possèdent. Loin d'aggraver les inégalités
naturelles par les inégalités sociales, la conscience impose plus de devoirs aux heureux et
aux forts, et la loi doit réparer autant qu'elle le
peut l'injustice du destin.

DES ESCLAVES.

De toutes les accusations répétées contre nous
par l'ingratitude et la vanité des nations modernes, la plus cruelle est celle-ci : la société antique avait pour base l'esclavage. Quand cette
parole est prononcée, les amis de l'antiquité
baissent la tête en silence et laissent les défenseurs du temps présent savourer à leur aise un
triomphe incontesté. Cependant cette accusa-
tion est-elle juste, et les peuples modernes ont-
ils sous ce rapport une supériorité qui leur

donne le droit d'être si sévères pour les anciens ? L'esclavage est, il est vrai, un crime tellement contraire à l'esprit du polythéisme qu'on pourrait s'étonner de voir la Grèce méconnaitre le principe fondamental de la morale païenne, le droit de l'homme, si son état permanent de guerre ne lui servait d'excuse. Mais lorsqu'on lit dans la Bible le récit de ces exterminations de peuples commandées à Moïse et à Josué par le Dieu d'Israël, on est forcé de reconnaître que la pensée de réduire les vaincus en esclavage fut à l'origine une pensée humaine, et qui montre la supériorité des nations païennes sur celle à laquelle l'Europe moderne rattache ses traditions religieuses.

L'esclavage s'introduisit fort tard en Grèce, notamment chez les Athéniens, les Locriens et les Phocéens. Les habitants de Chios passent pour l'avoir adopté les premiers ; ils furent condamnés pour ce fait par l'oracle de Delphes. Les pirates phéniciens répandirent peu à peu l'usage des esclaves dans les maisons des grands mais pendant très longtemps les travaux agricoles furent exercés par des hommes libres. Sparte, qui par sa constitution toute militaire fut une exception dans le Grèce, réduisit en esclavage une population vaincue. Bien que la plupart des anecdotes racontées sur la condition des ilotes ne puissent être prises au sérieux, on doit avouer qne cette condition, sauf la fréquence des émancipations, n'était pas meilleure

que celle des serfs de la glèbe chez les peuples
modernes. Dans tout le reste de la Grèce, surtout à Athènes, les esclaves, protégés par les lois
contre la cruauté d'un maître brutal, l'étaient
encore davantage par la douceur des mœurs
grecques, et la servitude fut toujours bien moins
dure que dans les sociétés féodales.

L'esclavage prit une grande extension à l'époque de la décadence du monde antique ; mais
comme, pendant cette période, l'âpreté des
mœurs romaines s'était tempérée au contact des
idées grecques, la condition des esclaves fut
bientôt adoucie par plusieurs lois des empereurs,
en même temps que la séparation des classes
d'hommes libres s'effaçait peu à peu. Les empereurs chrétiens rétablirent l'inégalité devant
la loi et aggravèrent la condition des esclaves.
Un rescrit d'Antonin les protégeait contre les
mauvais traitements ; Constantin permit aux
maîtres de les frapper et de les charger de
chaînes, dût la mort s'ensuivre. Trajan avait défendu de considérer un enfant abandonné comme
esclave de celui qui le trouvait ; Constantin le
permit. Il ordonna de mettre à la torture un
esclave réclamé par deux maîtres, il défendit
aux sénateurs de légitimer les enfants qu'ils
avaient de femmes esclaves ou de condition inférieure. Honorius et Arcadius ordonnèrent de
mettre à mort avant l'audition des témoins et
l'examen de la cause les esclaves qui accusaient
eurs maîtres, à moins qu'il ne s'agît de l'accu-

sation de lèse-majesté qui touchait personnellement les empereurs (1).

La condition des colons, devenue un véritable esclavage dans les derniers temps de l'empire d'Occident, resta la même après l'invasion des Barbares ; mais la plupart des hommes libres de race romaine grossirent le nombre des serfs. Le clergé eut des serfs comme la caste guerrière, et l'esclavage devint bientôt la condition normale de toute la population laborieuse des pays conquis. Ces esclaves étaient attachés au sol ; dans le système féodal c'est la terre qui possède tout, titres et privilèges, bêtes et gens. Pour comprendre comment une constitution aussi oppressive que celle des sociétés chrétiennes et féodales a pu durer si longtemps, il faut remarquer que dans ces sociétés, basées sur la violence, de continuels déchirements arrêtent jusqu'au progrès matériel de l'industrie et de l'agriculture et prolongent indéfiniment la barbarie. Le midi de la Gaule avait conservé quelques vagues souvenirs de l'organisation romaine ; à la voix d'un pape une croisade s'organisa contre les Albigeois, et ce germe à peine éclos d'une civilisation nouvelle fut noyé dans le sang. Après l'établissement complet de la féodalité, les progrès de l'esclavage s'arrêtent ; pendant les continuelles guerres du moyen âge, on ne voit guère d'hommes libres, c'est-à-dire de

(1) Voyez un article de M. Larroque, dans la *Revue de Paris*, du 15 décembre 1856.

chevaliers, réduits en esclavage ; la cause en est simple : on ne faisait pas de prisonniers. A l'exception des très grands seigneurs qui pouvaient payer une riche rançon, tout ennemi vaincu était mis à mort. Pour cultiver la terre les barons avaient assez de leurs serfs, dont la condition, ainsi que je l'ai dit, était celle des ilotes de Sparte.

L'excès intolérable du mal entraînait çà et là quelques résistances ; il y eut des soulèvements de Bagaudes, des jacqueries. Alors les chevaliers couraient les campagnes, dispersaient les vilains, leur coupaient les pieds et les mains, et on n'en parlait plus. Que pouvaient ces malheureux, isolés, plongés dans la nuit de la servitude sans idée morale, courbés sous le culte abrutissant de la force ? Homère avait bien dit que l'esclavage ôte à l'homme la moitié de son âme. L'affranchissement commença dans les villes qui gardaient quelques traditions des municipes romains. On ne pouvait pas toujours détruire ; il fallait bien tolérer quelques industries : les évêques avaient besoin d'étoles, les barons d'armes et de vêtements. Ces forgerons et ces tisserands gagnaient quelque argent ; ils s'apercevaient qu'ils étaient nécessaires, ils demandaient des franchises. On les leur refusa, ils résistèrent ; alors on les leur vendit. Les rois. qu'ils appelaient à intervenir entre eux et leurs seigneurs ou leurs évêques, firent payer leur intervention fort cher et prirent goût à ces médiations lucratives. Pour augmenter leurs revenus ils vendirent quelquefois la liberté aux serfs de leurs propres domaines. Mais, malgré ces affranchissements isolés, c'est seulement depuis la Renaissance et par suite du mouvement philosophique, que l'esclavage a commencé à disparaître. Les derniers serfs, en faveur desquels Voltaire écrivit un mémoire, viennent d'être affranchis par le roi ; ils appartenaient à des moines. Chez la plupart des autres nations chrétiennes l'esclavage dure encore ; dans quelques contrées, en Russie, en Hongrie, en Pologne par exemple la classe des serfs comprend presque toute la population.

Si la servitude est abolie de nom en France, elle n'a pas disparu de fait ; le vasselage n'en est qu'une forme un peu adoucie ; les vassaux sont bien au-dessous des affranchis de l'antiquité. Le sort des cultivateurs s'est amélioré cependant, et on peut espérer que la révolution leur donnera la propriété du sol qu'ils cultivent et les élèvera au rang de citoyens qu'ils n'ont pas encore ; mais la profonde nuit intellectuelle dans laquelle ils sont plongés, la misère même des ouvriers des villes les réduit à une condition inférieure à celle de la plupart des esclaves anciens. L'avantage dérisoire d'une liberté nominale ne compense pas toujours la certitude où étaient les esclaves d'être nourris par leur maître qui avait intérêt à ménager leur vie. Le travail auquel sont soumis les ouvriers de plusieurs industries, ceux entre autres qui sont occupés dans les mines, travail au-dessus des forces humaines et qui ne leur est pas toujours assuré, doit leur faire envier la condition des bêtes de somme.

Si la France a fait disparaître l'esclavage proprement dit de son territoire, elle ne l'a pas effacé de ses lois ; et, comme tous les autres peuples de l'Europe, elle le conserve dans ses possessions d'outre-mer. Après la découverte de l'Amérique, la race qui peuplait cet immense continent fut détruite en quelques années par ce même peuple qui, aujourd'hui encore, dans ses fêtes religieuses, offre à son Dieu des sacrifices humains qu'il appelle actes de foi. Pour convertir les Indiens et les civiliser, les Espagnols les entassaient dans les mines, ou même on les tuait sans but, en les traquant dans leurs forêts à l'aide de chiens dressés à la chasse à l'homme, auxquels on jetait pour curée des lambeaux de petits enfants. Quand on eut ainsi exterminé douze millions d'hommes, légitimes possesseurs de tout un monde, il fallut bien les remplacer, car les Européens ne renoncèrent pas à exploiter les mines d'or. Voilà pourquoi ils vont tous les ans saisir sur la côte d'Afrique des hommes qu'ils entassent dans la cale de leurs vaisseaux et qu'ils transportent dans leurs colonies. Ces esclaves y sont traités avec une dureté qui n'avait eu d'exemple dans aucun temps, même chez les peuples barbares.

Les nations musulmanes, inférieures aux na-

tions chrétiennes en culture intellectuelle, leur
sont souvent supérieures en élévation morale.
Dans les pays mahométans, des lois humaines,
et plus encore des principes religieux qui ont
passé dans les mœurs, adoucissent le sort des
esclaves. Mais rien ne tempère la rigueur de
cette forme nouvelle de l'esclavage qui existe
aux colonies, pas même l'espérance de l'affranchissement. Là, l'opinion justement reprochée
à Aristote, que l'esclave est d'une autre espèce
que l'homme libre, est regardée comme une vérité triviale. Les esclaves, ceux même chez
qui des croisements successifs ont effacé les caractères physiques de la race africaine, ne sont
pas regardés comme des hommes. De là vient
l'indifférence avec laquelle on sépare, pour les
vendre, les maris de leurs femmes et les mères
de leurs enfants.

J'ai donc été fort étonné d'entendre dire
plusieurs fois que le christianisme avait aboli
l'esclavage. Certes, il aurait pu le faire aux
jours de sa puissance ; il ne l'a pas même tenté,
parce que l'esclavage n'est contraire ni à ses
traditions. ni à ses principes. L'âpreté patri-
cienne de Caton, recommandant au père de
famille de vendre l'esclave vieux ou maladif,
semble dépassée par ces paroles de la Bible :
« L'herbe, la verge et le fardeau à l'âne : le pain,
la correction et le travail à l'esclave. L'esclave
travaille quand on le châtie ; il ne cherche qu'à
se reposer : lâche-lui la main, il demandera

sa liberté. Le joug et la courroie soumettent le cou le plus dur : un travail assidu assouplit l'esclave. La torture et les chaînes à l'esclave malveillant : envoie-le au travail de peur qu'il ne soit oisif ; car l'oisiveté enseigne une grande malice. Assujettis-le au travail, c'est ce qui lui convient : s'il n'obéit pas, dompte-le avec des chaînes (Ecclésiastique, xxxiii). »

Cette dureté sauvage dut s'adoucir au contact des mœurs grecques ; pourtant il est plusieurs fois question d'esclaves dans l'Évangile sans que jamais l'esclavage y soit condamné ou même blâmé. Aussi, lorsque saint Paul dit : « Nous avons été baptisés dans le même esprit, pour être un seul corps, soit Juifs, soit gentils, soit esclaves ou libres (I Corinth. xii, 13) ; » cette fraternité toute spirituelle ne change rien dans sa pensée aux relations terrestres, car il dit plus haut : « Que chacun demeure dans l'état où il était quand Dieu l'a appelé. Avez-vous été appelés à la foi, étant esclaves, que cela ne vous trouble pas, mais plutôt faites-en un bon usage, quand même vous pourriez devenir libres (I Corinth. vii, 20). » Il renvoie à un de ses amis un esclave fugitif (Épît. à Philémon). Il trace même les prétendus devoirs des esclaves envers leurs maîtres : « Exhortez les esclaves à être soumis à leurs maîtres, à leur complaire en toutes choses, à ne point les contredire (Épît. ii, 3). » « Que tous ceux qui sont sous le joug de la servitude regardent leurs maîtres comme dignes de tout honneur (I Timoth. vi, 1). » « Esclaves, obéissez avec crainte et tremblement dans la simplicité de votre cœur à vos maîtres selon la chair, comme au Christ (Ephés. vi, 5). » Ni les Pères ni les conciles ne pouvaient contredire des textes aussi formels. On comprend que les peuples modernes fassent embrasser leur religion par leurs esclaves : ils donnent à la servitude une sanction religieuse.

Loin de nier l'esclavage, le christianisme le consacre comme toutes les formes de l'autorité. Le précepte de l'Evangile : rendez à César ce qui est à César, a été développé par les apôtres : « Soyez soumis pour l'amour de Dieu à toute créature humaine, soit au roi comme au souverain, soit aux gouverneurs comme à ceux qui sont envoyés par lui pour punir les méchants et récompenser les bons. Esclaves, soyez soumis à vos maîtres en toute crainte, non-seulement à ceux qui sont bons et modérés, mais encore à ceux qui sont difficiles (Ire épît. de saint Pierre II). » « Que toute âme soit soumise aux puissances supérieures, car il n'y a pas de puissance qui ne soit de Dieu, et toutes les puissances de la terre sont ordonnées de Dieu. Celui donc qui résiste aux puissances, résiste à l'ordre de Dieu, et ceux qui résistent attirent sur eux la condamnation... Il faut être soumis, non-seulement par crainte, mais aussi par principe de conscience (Romains. xiii). »

Cette morale d'esclaves n'était pas la nôtre.

Saint Thomas d'Aquin, qui soutient que l'esclavage est conforme à la nature, s'appuie, il est vrai, entre autres arguments, sur l'opinion d'Aristote ; mais c'est en vain qu'on affecte de rendre l'antiquité responsable d'une opinion individuelle. De quel paradoxe ne pourrait-on pas accuser les nations modernes si on leur attribuait toutes les opinions de leurs plus grands docteurs. Jamais Aristote n'eut pour nous l'autorité qu'il a eue au moyen âge, bien moins encore celle que la Bible a eue de tout temps pour les chrétiens. Si, dans son impuissance de s'affranchir des faits, il s'est égaré, il avoue du moins lui-même que son opinion trouvait de son temps un grand nombre d'adversaires : « Selon eux, dit-il, l'esclavage est contre nature ; c'est la loi qui distingue l'homme libre de l'esclave : loi injuste, car elle est violente (Polit. I, 34). » « Nul n'est créé esclave par la nature, dit Philémon. C'est la fortune qui asservit le corps. » Pour les anciens l'esclavage était un malheur qui pouvait frapper l'homme sans le dégrader aussi ne fut-il jamais, comme aujourd'hui, le caractère spécial d'une caste ou d'une race. Esope, Platon, Phèdre, Épictète furent esclaves. Térence le fut aussi et n'en devint pas moins l'ami des Scipions, car le malheur n'est pas une tache. Apollon servit chez Admète, Héraclès fut l'esclave d'Eurysthée, mais il s'éleva par sa vertu au rang des Dieux.

Dans la morale antique la servitude est un

fait, non un droit. Si un esclave s'échappe, les lois humaines peuvent bien le ressaisir et le punir ; mais nul ne lui reprochera d'avoir violé ses devoirs, car il n'y a pas de loi morale qui nous ordonne la soumission à l'injustice par principe de conscience. Qu'il y ait aujourdhui une révolte d'esclaves comme on en vit à Rome, il se trouvera des prêtres pour dire à Spartacus : « Reprends tes fers et courbe la tête, soumets-toi avec crainte et tremblement. Celui qui résiste aux puissances résiste à l'ordre de Dieu même, car toute puissance vient de Dieu.

LETTRES DE CALLICLÈS SUR LA RÉVOLUTION FRANÇAISE.

I. — LA RENAISSANCE ET LA PHILOSOPHIE.

L'art, aussi bien que la morale, est né du polythéisme grec. L'Orient avait cherché le divin dans la nature, la Grèce le trouva aussi dans l'homme. L'Orient adorait la force, la Grèce révéla la loi. Cette loi d'ordre, de proportion, d'harmonie, qui se révèle à la conscience par le droit, aux sens par le beau, la Grèce lui donna un corps ; active et créatrice, elle incarna sa pensée dans une forme divine : elle formula son idéal moral par la république, son idéal esthétique par l'art. Les autres peuples avaient eu des tailleurs de pierre, la Grèce eut des sculpteurs. Phidias traduisit en marbre la religion d'Homère, il fut comme lui l'apôtre du polythéisme, le prêtre des Dieux de la beauté. La sculpture acheva l'œuvre d'initiation religieuse commencée par la poésie.

Au siècle d'Alexandre, en même temps que la philosophie sapait la religion nationale et que l'esprit républicain déclinait, l'élément divin s'affaiblit dans l'art. Le siècle de Périclès, de Phidias et de Sophocle avait été dans la vie de la Grèce ce que la période grecque tout entière sera dans la vie du monde, cette heure fugitive et insaisissable de fraîcheur printanière et d'efflorescente puberté qui laisse en nous quittant de si longs regrets. Entre l'art hiératique des premiers âges et l'art plus purement humain des siècles suivants, la statuaire du Parthénon est le baiser d'amour de la terre et du ciel.

Que sont devenues tant de sublimes pensées? Quelques fragments de marbre échappés au marteau des chrétiens et pieusement adorés par leurs descendants; voilà tout ce qui reste de ces statues aussi nombreuses que le peuple qui les admirait. Les empereurs chrétiens détruisirent nos temples avec une fureur de bêtes fauves, en même temps qu'ils persécutaient les païens fidèles par leurs édits sanguinaires. Il ne resta rien à faire aux Barbares. On fondit le Zeus olympien et toutes les statues d'or ou de bronze, on gratta les vers d'Eschyle et de Sophocle

pour remplir les parchemins de subtilités théologiques ; aux derniers siècles de l'empire grec,
les comédies de Ménandre et de Philémon ont
péri avec les chants de Mimnerme et d'Alcée
pour faire place aux poésies de saint Grégoire
de Naziance.

Comme les Juifs, les premiers chrétiens
furent iconoclastes. De tous les préceptes de la
Bible, le plus important, celui qui est répété le
plus souvent sous toutes les formes, celui dont
l'oubli entraîne les malédictions divines, les
fléaux et les servitudes, c'est la défense de
sculpter des images. Le caractère dominant du
monothéisme est la haine de l'art. La sculpture
surtout, qui incarne la pensée dans la matière,
l'art qu'enseigna Prométhée, semblait une
usurpation de la puissance divine à cette énergique théocratie juive qui fonda l'unité nationale sur le monothéisme. Elle avait bien compris
que l'art, fût-il hiératique à son origine, s'affran-
chit tôt ou tard des bandelettes sacrées, que l'in-
dépendance native du génie artistique l'em-
pêche de s'enfermer dans un type, et que la
variété des types divins brise l'unité du dogme.
Le seul art qui fut permis aux Juifs est la poésie.
Au milieu de sa monotone uniformité, la poésie
hébraïque a parfois des élans sublimes, mais
l'idée morale, l'idée de la justice, en est com-
plétement absente. C'est une désolante ab-
dication de la liberté, de la raison et de la
conscience de l'homme devant la toute-puis-

sance divine, une incurable adoration de la force.

Les Arabes, héritiers directs des Juifs, et dont la religion représente dans les temps modernes le monothéisme sous sa forme la plus exclusive, sont restés fatalistes et iconoclastes. Le christianisme, en raison de sa double origine, est moins absolu dans son dogme ; aussi, quoique en morale il ait ouvert une large porte au fatalisme par le dogme de la grâce, il s'est montré plus conciliant en esthétique. Après sa victoire, il releva peu à peu le culte des images ou idoles, tant reproché aux païens. Une doctrine iconoclaste n'aurait pu prendre racine sur le sol de la Grèce ; le culte des saints, souvenir du polythéisme, produisit les mosaïques bysantines et les fresques de Panselinos. Mais l'art ne put s'affranchir de la théocratie comme aux beaux jours de la Grèce ; au lieu d'adorer la beauté, la religion nouvelle la chargeait d'anathèmes : la décadence de la peinture byzantine fut rapide et profonde.

Cette école fut l'œuf d'où sortit l'art dans les temps modernes. Ignorant et pudique, l'art chrétien n'arriva à la science que par l'étude minutieuse des détails ; réaliste dans ses formes, il ne cherchait l'idéal que dans l'expression. Pour ramener l'art au sentiment de la beauté, il faut que les anciens Dieux sortent de leurs tombeaux. Ils reparaissent enfin, mutilés et brisés moins par l'injure du temps que par l'impiété des hommes, mais toujours souriants et calmes, et le monde prosterné devant eux s'étonne de leur éternelle jeunesse, de leur inaltérable et sereine beauté. Arrière les spectres décharnés de la mort et de la douleur, voici les Dieux du bonheur et de la vie ; ils s'avancent vêtus des rayons de l'aurore, et chassent devant eux les terreurs de la nuit. Aux pâles et ascétiques figures vêtues d'un cilice ou d'un suaire succèdent les vierges sensuelles de Raphaël, les robustes sibylles de Michel-Ange. Mais c'est trop peu de la forme, le monde rajeuni veut adorer la vie et la lumière : qu'un sang chaud circule dans les veines palpitantes, que l'ardent soleil de Venise vienne dorer les chairs solides et fermes de la Vénus du Titien. Ce n'est plus la pudique Aphrodite anadyomène, le paganisme grec est bien dépassé, c'est l'amante d'Adonis, la molle Astarté de Syrie, c'est la fougueuse Milytta de Babylone qui conviait aux fêtes de la volupté les races ardentes de l'Asie.

Lorsque le nom de la Grèce fut effacé du monde, son souffle immortel se répandit sur l'Occident pour en réveiller les races assoupies, et devant cette lumineuse renaissance du génie de la Grèce la barbarie recula. La poésie et la science reparurent en même temps que l'art. Les Grecs fugitifs de Byzance trouvèrent en Italie une terre bien préparée à recevoir leurs leçons. Malgré ses guerres continuelles, l'Italie avait subi moins que les autres peuples l'influence des Barbares. Elle avait gardé, comme

dans un rêve, de confus souvenirs du monde
ancien : on les voit s'agiter comme des ombres
dans l'obscure épopée du Dante. Les luttes des
républiques italiennes entretenaient ces salu-
taires agitations de la liberté qui préparent les
grands siècles de poésie et d'art. Une famille
de marchands de Florence accueillit les exilés
de Grèce qui portaient avec eux les livres de
nos sages et de nos poètes, la bible du polythéisme. Venise les multiplia par l'imprimerie
et l'Italie devint, comme autrefois l'Egypte des
Ptolémées, la Rome des Césars et des Antonins, un phare lumineux qui rayonna sur le
monde. Ce rôle appartint ensuite à l'Espagne
et surtout à la France. Les peuples de langue
latine, sur lesquels le mouvement chrétien et
iconoclaste de la Réforme avait eu peu de prise,
reçurent les premiers l'initiation païenne de la
Renaissance.

Par sa position géographique aussi bien que
par le caractère du peuple qui l'habite, la France
est le cœur de l'Europe, le centre de la circula-
tion intellectuelle. Tous les courants d'idées s'y
rencontrent et s'y combinent, et retournent porter
une vie commune à tous les membres du monde
civilisé. Elle crée moins qu'elle ne transforme ;
son rôle n'est pas de dominer les autres peuples, mais de les unir : elle sert de lien entre la
race latine et la race germanique, entre le Midi
et le Nord. La France est le principal théâtre
du grand mouvement philosophique de ce sie-

cle. La renaissance païenne qui a commencé par l'art s'achève par la philosophie. Aux siècles barbares, quelques lambeaux de la pensée de la Grèce, recueillis par les Arabes, avaient éclairé d'une pâle lueur la longue nuit du moyen âge. Le nom d'Aristote eut presque l'autorité des livres sacrés. Plus tard on lui opposa Platon ; la pensée n'osait marcher seule et se bornait à choisir ses guides. Enfin la philosophie comprit que pour hériter de la Grèce il ne fallait pas l'imiter ni la suivre, mais reprendre et continuer son œuvre. C'est ce qu'avait fait l'art de la Renaissance. Michel-Ange n'imitait ni la sculpture du siècle de Périclès, ni même le Laocoon. Phidias avait fait des Dieux, il fit des Titans. La tragédie française, lors même qu'elle croit copier les anciens, les transforme. La philosophie agit de même. Descartes et Bacon n'imitèrent pas Platon et Aristote ; bien que la philosophie ait reproduit depuis deux siècles tous les systèmes de l'antiquité, elle leur a donné une forme nouvelle appropriée au génie des peuples modernes. Il semble que l'humanité, délivrée d'un mauvais rêve, reprenne ses travaux de la veille au point où elle les avait laissés.

Si, dans la sphère de l'art, où la perfection dépend surtout du génie des individus et de l'aptitude native des races, la Grèce n'a été ni dépassée ni même égalée, il n'en pouvait être de même dans le champ infini de la science où chacun profite du travail de ses devanciers. L'œuvre de la science est collective ; si le principe est fécond, cette œuvre se poursuivra même entre les mains d'une génération moins puissante. Ce principe est tout ce que l'antiquité réclame dans le travail scientifique des nations modernes. Il suffit à la gloire de la Grèce que l'Europe, en cueillant les fruits défendus de l'arbre de la science, ait renié son moyen âge et salué le principe païen de raison souveraine humilié si longtemps sous l'autorité et la foi. Le monothéisme étouffe et proscrit toute recherche scientifique ; la nature est pour lui un éternel miracle, un impénétrable mystère, un livre fermé. Aux questions indiscrètes de la curiosité humaine il répond : Dieu est grand. L'Église, au nom des textes sacrés, condamna celui qui découvrit le mouvement de la terre et qui démontra par la science la conception cosmique de Pythagore.

En relevant la raison humaine sur les ruines de l'autorité, la philosophie avait bien dépassé l'impuissant compromis de la Réforme. Le principe païen devait triompher dans la morale comme dans la science, la conscience devait revendiquer ses droits comme la raison. La lutte pour la liberté de la conscience fut soutenue avec persévérance et courage, et la résistance de l'autorité religieuse n'eut d'autre effet que de faire discuter les dogmes qu'elle voulait imposer. Voltaire et les autres philosophes français de ce siècle attaquèrent résolument le dogme chrétien, non dans son esprit, mais dans sa forme. C'était là le terrain que leurs adversaires avaient choisi. Enchaînés à la lettre des textes comme leurs prédécesseurs les pharisiens, les prêtres catholiques avaient perdu le sens de leurs symboles. Le christianisme fut donc discuté, non dans son principe et dans sa morale, mais dans sa légende et dans ses actes, et la philosophie lui opposa les armes dont les premiers chrétiens s'étaient servi pour renverser le culte de nos Dieux.

Cette œuvre de négation appelait la reconstruction d'un idéal nouveau. Mais la philosophie qui avait secoué dans les faits le joug de la tradition ne sut pas s'en affranchir dans les idées : elle s'arrêta au monothéisme. Quelques hommes d'un talent bien inférieur cherchèrent dans le panthéisme une formule plus large, mais personne ne s'éleva jusqu'à l'idée républicaine du polythéisme. Il arriva cependant que sans entrevoir le principe on en admit les conséquences. La justice et le droit naturel furent posés comme base de la politique dans les livres de Montesquieu et de Rousseau. Ce dernier, citoyen d'une petite république voisine de la France, eut la gloire de formuler plus nettement qu'aucun autre la morale républicaine du droit. Il reste désormais à réaliser cet idéal ; ce sera l'œuvre de la Révolution.

II. — DÉBUT DE LA RÉVOLUTION.

Pour qu'une révolution s'accomplisse, il ne suffit pas qu'elle soit nécessaire, il faut surtout qu'elle trouve une génération préparée à la recevoir, assez sage pour la comprendre, assez forte pour la conduire, assez croyante, assez héroïque, assez dévouée pour sacrifier les souvenirs du passé, la paix et le repos du présent au bonheur de l'avenir. La révolution française n'est venue ni des scandales de la monarchie, ni de l'orgueil de la noblesse, ni du désordre des finances qui a forcé le roi à réunir les états-généraux. Elle est sortie tout armée du cerveau de ce grand siècle de philosophie et de science, nourri de la sève vivifiante de la sagesse antique. La jeunesse lit Plutarque, les nobles lisent Voltaire et protègent les philosophes, les femmes lisent l'Émile et méditent sur la dignité de leurs fonctions de mères. La bourgeoisie initie le peuple à la vie intellectuelle et morale. Comme du fumier des champs sort la moisson nouvelle, ainsi de la pourriture du vieux monde sortit cette génération saine et vivace, armée pour les luttes prochaines, et prête à marcher dans la conscience de sa force à la conquête de ses droits.

Elle est partout, dans les députés des communes qui prêtent le serment du jeu de paume, dans le peuple de Paris qui assiège et démolit la Bastille, la vieille forteresse du despotisme, dans cette minorité de la noblesse et du clergé qui sacrifie ses privilèges dans la nuit du 4 août, nuit glorieuse, où la noblesse française expie sa vie par l'héroïsme de sa mort. On sent vivre l'esprit des républiques païennes dans cette assemblée qui ouvre l'ère nouvelle par une déclaration des droits de l'homme. L'idée sacrée du droit, oubliée ou méconnue pendant quinze siècles, s'affirme à la face du monde, et met un abîme infranchissable entre la nuit d'hier et l'aurore d'aujourd'hui. Dans son œuvre de destruction de la vieille société, l'assemblée constituante a été sincère et hardie. Elle a renversé tous les privilèges basés sur la naissance excepté l'héritage. Elle a détruit le système des castes, en abolissant les prétendus droits féodaux, les vœux monastiques, les monopoles, les corporations, les parlements, en mettant à la disposition de la nation les biens ecclésiastiques et en faisant du sacerdoce une fonction civile. Par une nouvelle division du territoire, par l'unité des lois, des monnaies, des poids et mesures, par l'abolition des douanes intérieures, elle a constitué cette œuvre difficile de l'unité nationale si péniblement poursuivie pendant des siècles, et pour laquelle la France avait sacrifié à la monarchie ses libertés communales. Elle a reconnu la liberté de la conscience et des cultes, la liberté de la presse, la liberté de l'industrie et du commerce.

En présence de ce qu'elle a fait on voudrait

pouvoir oublier ce qu'elle a laissé à faire. Mais les terribles résistances qui se préparent apprendront bientôt à la France le danger des révolutions incomplètes. L'œuvre de la Constituante contient des germes de luttes qui commencent à porter leurs fruits : la royauté conservée, un clergé salarié par l'État, et une division nouvelle des citoyens en deux classes, l'une active l'autre passive, les riches et les pauvres.

La monarchie est la plus vieille tradition des peuples modernes. La France surtout s'est attachée à ses rois comme une mère à ses enfants, en raison des maux qu'elle a soufferts pour eux. Cet amour est devenu une idolâtrie et a fait dire que les Français étaient un peuple de laquais. La tyrannie de Louis XIV, l'effroyable misère des dernières années de son règne, la honte et l'immoralité du règne suivant auraient dû diminuer cette dévotion royaliste, mais l'amour ne raisonne pas. L'Assemblée a oublié le mot de l'Evangile : on ne coud pas des pièces neuves à de vieilles loques ; comme clef de voûte d'une société basée sur la justice, elle a mis un privilége. Elle a cru, comme la France, qu'il suffirait de museler la royauté pour l'empêcher de nuire, elle a détruit seulement ce qu'on nommait les abus de l'autorité royale ; elle a aboli les lettres de cachet qui avaient fait exiler ou emprisonner sans jugement cent cinquante mille personnes sous le dernier règne et quatorze mille depuis.

Elle a remplacé la royauté absolue par la royauté constitutionnelle, sorte de protestantisme politique, compromis bâtard entre le despotisme et la liberté. Elle s'en est rapportée pour l'exécution des lois nouvelles à la bonne foi de Louis XVI qui a montré souvent une volonté sincère de faire le bien. Mais, à moins d'être un homme de génie, un roi ne peut comprendre une révolution ; à moins d'être un saint, il ne peut regarder comme des amis ceux qui lui ôtent son pouvoir et comme des ennemis ceux qui conspirent pour le lui rendre. Louis XVI est un brave homme, d'un caractère faible et d'un esprit médiocre ; il aidera ceux qui conspirent pour lui. S'il ne peut le faire ouvertement, il usera de subterfuges, et on l'accusera de trahison.

La situation du clergé est la même : après lui avoir enlevé ses richesses, qui en faisaient un corps indépendant de l'État, on le rétribue sur les fonds publics au lieu d'en laisser l'entretien à la charge des communes. On n'a pas su donner l'intérêt pour auxiliaire à la Révolution : les prêtres n'auraient pu soulever en leur faveur ceux qui auraient été obligés de les entretenir à leurs dépens. Ils commencent à agiter les campagnes qui ont déjà oublié la dîme, et, comme la France est toujours catholique, il leur sera facile d'y exciter une guerre civile en abritant un intérêt de caste sous un prétexte religieux.

Le peuple, surtout celui des campagnes, est encore dans les limbes de la vie morale et intellectuelle ; cependant la bourgeoisie sera obligée de l'appeler à son aide pour défendre la Révolution. La distinction des citoyens en actifs et passifs est contraire aux principes d'égalité contenus dans la déclaration des droits. Lorsque l'Assemblée a laissé debout l'aristocratie de la propriété (1), elle pouvait alléguer l'excuse de l'impuissance, mais en aggravant cette inégalité sociale par une inégalité politique, en refusant aux pauvres les droits de citoyens, elle a préparé une nouvelle révolution. Toute injustice doit s'expier.

LA RÉPUBLIQUE

Dans les grands combats de l'Iliade, au-dessus de la mêlée des héros, Homère aperçoit les Dieux ennemis qui excitent les deux armées, les unes près des vaisseaux des Grecs, les autres sur les remparts de Troie. Dans les terribles discordes civiles de la Révolution, je vois de même, au-dessus de la querelle des intérêts humains, la lutte des principes ennemis ; au-dessus de la mêlée des hommes, les combats des Dieux. Les idées sont en présence, armées pour la dernière bataille, égales en force, irréconciliables : l'autorité et la liberté, le privilège et l'égalité, le fait et le droit.

La première victoire de la Révolution avait tellement dépassé toutes les espérances, qu'un

(1) Expression de Barnave.

cri universel de délivrance et de bonheur salua
d'un bout de la France à l'autre l'avénement de
la constitution nouvelle. Qui ralluma la dis-
corde, qui déchira la trève scellée par la foi des
serments ? Les premiers coups vinrent du dehors ; ceux qui avaient déserté le champ de bataille, les émigrés qui attendaient sur la terre
étrangère l'issue de la lutte, lancèrent de là contre le sein de la patrie l'arme funeste qui devait
rompre l'alliance jurée, comme la flèche de Pan-
daros. La noblesse n'a pas de patrie ; abritant
le regret de ses privilèges sous les devoirs du
vasselage, elle conspire au dehors pour le maître
qu'elle n'a pas défendu. Les frères du roi la diri-
gent ; les descendants des barbares germains
implorent contre le peuple révolté le secours de
l'Allemagne, la reine appelle contre la France,
qui l'a adoptée, les armes de son frère l'empe-
reur, et le roi, entraîné par elle dans la trahison,
trop faible pour sacrifier l'intérêt au devoir, gé-
mit de rester comme otage dans le camp de la
Révolution, victime expiatoire dévouée d'avance
aux noires déesses gardiennes des serments.

Les nobles conspirent au dehors, les prêtres
conspirent à l'intérieur ; ils agitent les campagnes. En vain la Révolution appelle le peuple à
son aide, et pour l'intéresser dans sa cause lui
livre la propriété du sol que depuis des siècles
il cultivait pour d'autres, les terres des émigrés
déserteurs et traîtres. Le clergé, que la nation
nourrit, refuse le serment de la défendre et

maudit au nom de la religion les acquéreurs de biens nationaux. En vain la Révolution confie sa défense à ces bourgeois qu'elle a affranchis la veille : il en est qui déjà craignent plus le peuple que la noblesse et s'apprêtent à passer dans le camp ennemi. Ce sont bien les fils de ces patriciens de Rome qui faisaient du droit commun un privilège et qui, en sortant des luttes du Forum, écrasaient les légions révoltées de Spartacus. En vain la Révolution surveille les conspirateurs et les dénonce : la magistrature, nourrie dans les traditions serviles du passé, refuse de poursuivre les traîtres. En vain la France envoie ses armées à la frontière : ceux qui les commandent tendent la main à ses ennemis. Les généraux appellent le roi dans leur camp et lui promettent l'appui des émigrés et des armées étrangères.

Le roi suit leurs conseils, il quitte furtivement la ville. Que serait devenue la France si ce complot eut réussi ? On le saura peut-être un jour lorsque d'autres peuples en révolution laisseront leurs princes fuir à l'étranger. Mais le roi est arrêté dans sa fuite ; le peuple demande la déchéance. Les chefs de la bourgeoisie massacrent le peuple au champ de Mars, rétablissent le fugitif dans sa prison royale et le condamnent aux inévitables dangers d'une lutte à mort.

Les conspirateurs, en appelant l'étranger, ont confondu la cause de la Révolution avec celle du salut public ; les menaces insolentes de l'ennemi réveillent l'orgueil national. Devant les armées qui envahissent le sol sacré de la France, le peuple, poussé en avant par l'irrésistible instinct de la défense, proclame la patrie en danger, attaque le roi dans son palais, juge et punit dans les prisons les conspirateurs et les traîtres qui attendaient l'heure espérée de la ruine publique ; puis, au son lugubre du tocsin populaire, au bruit du canon d'alarme, tout s'arme pour la lutte suprême, et quatorze armées sortent à la fois du sein maternel de la patrie.

C'est au milieu de cet effort surhumain de tout un peuple, à l'heure la plus solennelle qui ait sonné dans l'histoire depuis les guerres médiques, qu'est née la république française. Le peuple n'est pas plus républicain aujourd'hui qu'hier ; mais, guidé par l'intuition suprême du danger, il s'est réfugié dans le seul port ouvert contre l'inexorable tempête. Devant les monarchies coalisées, la république a surgi tout à coup, spontanée, impérieuse comme l'instinct de la vie, inflexible, inévitable comme la fatalité. Un jour peut-être la France blasphémera cette république qui l'a sauvée, et lui reprochera les sanglantes convulsions de sa naissance ; les fils énervés d'une race héroïque maudiront la toute-puissante énergie de leurs pères, et, reniant la Révolution, n'auront de pitié que pour ses ennemis vaincus ; alors, par une juste punition de leur ingratitude, ils dépasseront ses violences sans avoir l'excuse du danger. Devant les menaces furieuses de l'Europe déchaînée, sous la terreur de l'extermination promise, la vengeance populaire a pu s'égarer, mais nul n'a le droit de se poser en juge, car à l'heure lugubre des dangers de la patrie, pas un bras ne s'est levé pour arrêter le torrent des colères amoncelées.

LA MORT DU ROI.

Le roi est mort ce matin de la main du bourreau. La France croit avoir rompu à jamais avec son passé monarchique. Elle a voulu, dit-elle, répondre au défi des princes coalisés en leur jetant la tête de celui qu'elle nomme son dernier roi. Pourquoi faut-il que les crimes séculaires de la monarchie aient été expiés par la mort de cet homme faible, inoffensif et nullement méchant? S'il se fut agi de Louis XV, il n'y aurait pas eu tant de regrets dans le cœur des juges et on n'aurait pas à craindre pour l'avenir de la république la réaction de la pitié. Moi-même j'ai essayé après tant d'autres un effort inutile pour épargner cette erreur à la France. Je me suis adressé aux membres de la Convention, sous la figure d'un d'entre eux :

— Quand l'inflexible justice a prononcé son arrêt, leur ai-je dit, il reste place pour la clémence. Fondateurs de la glorieuse république française, la république américaine vous demande la grâce de cet homme, la lui refuserez-vous ? Votre énergie vous a faits des héros, par-

donnez et l'avenir vous croira des Dieux. Je sais
que la plupart d'entre vous ont gémi de ce qu'ils
appellent une nécessité cruelle ; mais ils ont cru
qu'il était bon qu'un seul mourût pour le salut
de tous, et, par un effort surhumain, ils ont fait
le sacrifice de leur mémoire, ils ont offert à la
patrie le sang de l'innocent. —

De violents murmures m'interrompirent à ce
mot.

— Il n'y a pas crime où il n'y a pas conscience,
ai-je répondu. Souvenez-vous de celui qui a dit :
Pardonne-leur, ils ne savent pas ce qu'ils font.
Louis XVI a trahi, qui en doute, mais a-t-il su
ce qu'il faisait ? Son aïeul disait : l'Etat c'est
moi ; on disait à son grand père : Sire, tout ce
peuple est à vous. Si, élevé dans de pareilles
idées, il avait pourtant compris la Révolution et
voulu la conduire au lieu de la combattre, quel
danger pour votre œuvre ! Que de siècles de monarchie réservés à sa race par la folle reconnaissance de l'avenir ! Eh bien, le malheur consacre
comme la vertu. Vos fils ingrats oublieront vos
dangers et renieront votre œuvre, et l'odieuse
royauté renaîtra, épurée à leurs yeux par ce bap-
tême de sang. —

Ce doute sur l'avenir de la république parut
un blasphème au milieu de l'enthousiasme de
l'Assemblée ; je ne pus achever. Des voix plus
puissantes que la mienne avaient parlé en vain.
Qu'aurais-je dit de plus ? Je leur avais montré
l'avenir que je vois plus clairement qu'eux

Hélas ! j'y vois aussi que ce sang ne sera pas le dernier versé. Des existences bien plus précieuses seront broyées par la Révolution tournée contre elle-même ; mais aucune mort ne sera plus funeste à la sainte cause de la liberté.

LA GIRONDE ET LA MONTAGNE.

La société antique avait pour principe le droit et la justice, la liberté et l'égalité ; sa forme politique était la cité, c'est-à-dire la république. Soldat en temps de guerre, législateur et magistrat en temps de paix, chaque citoyen exerçait directement sa part de royauté sur la place publique, et, comme nul n'était au-dessus des lois, nul n'abdiquait ou ne déléguait le droit de les faire. Chaque ville avait sa constitution particulière ; et la seule unité possible en Grèce était l'unité fédérale. La vie circulait librement dans les veines de la nation. Chez les peuples modernes et surtout en France, elle est concentrée sur quelques points d'un vaste territoire. Issues de la conquête, formées par une suite d'agglomérations successives, les nations européennes se sont constituées en grandes unités monarchiques en sacrifiant toutes les libertés locales. Celles qui n'ont pas su faire ce sacrifice ont perdu leur force nationale sans profit pour la liberté. Ce sacrifice, la France l'a fait ; elle a abandonné la liberté politique et la liberté religieuse à la monarchie qui lui garantissait l'unité.

Aujourd'hui la question se pose de nouveau devant la France révolutionnaire. Deux partis se sont formés dans la Convention depuis la naissance de la république ; la Gironde défend la liberté, la Montagne poursuit l'unité.

La liberté individuelle sans autre limite que le droit de tous, la souveraineté populaire exercée directement et sans délégation. l'autonomie des communes, reliées entre elles dans une unité purement fédérative, le gouvernement du peuple par lui-même, l'ordre dans l'anarchie, tel est l'idéal des Girondins. Si tous n'acceptent pas les dernières conséquences, tous proclament le principe. C'est ainsi que, dans le procès du roi, après avoir voté la mort, ils ont demandé l'appel au peuple. Dans leurs querelles avec la Montagne, ils ont réclamé en faveur de la France contre la dictature de Paris ; dans leur projet de constitution, ils ont entouré la liberté d'innombrables garanties qui annulent le gouvernement. Jeunes pour la plupart, éloquents, enthousiastes, nourris des souvenirs de la Grèce, ils rêvent pour la France une résurrection de la glorieuse démocratie d'Athènes. Leur pensée erre tour à tour dans le passé ou dans l'avenir, le présent leur échappe. Perdus dans l'idéal, ils oublient les terribles menaces, les implacables nécessités du réel.

Là est le secret de leur faiblesse et de la force de leurs adversaires. Aux yeux des Montagnards, tous les intérêts, même légitimes, doivent se taire devant l'unique et suprême question du moment, la question du salut public ; tous les principes s'effacent devant la cause nationale, confondue désormais avec celle de la Révolution. Les Girondins qui aiment tant la Grèce oublient que le défaut d'unité, qui l'avait compromise dans les guerres des Perses, fut plus tard la principale cause de sa ruine ; que dans les grands périls le sénat républicain de Rome concentrait le pouvoir aux mains d'un dictateur. En présence de l'invasion étrangère et d'une insurrection royaliste dans l'Ouest, la Montagne accepte la dictature révolutionnaire de Paris, non comme un principe, mais comme un expédient. Avant d'organiser la république, il faut sauver la Révolution, c'est-à-dire la France. Demain la liberté de la place publique, aujourd'hui la discipline d'un camp. La France n'est plus qu'un champ de bataille ; il lui faut la loi de la guerre, loi terrible, mais qui justifie sa violence par un foudroyant dilemme : la victoire ou la mort.

La lutte des partis réduisait la Révolution à l'impuissance ; une insurrection du peuple de Paris vient d'y mettre un terme en forçant la Convention à proscrire les députés girondins. Ceux qui ont pu s'échapper font appel à la France, et excitent dans les provinces des soulèvements qui tournent partout au profit des royalistes. La Montagne, maîtresse du champ de bataille, fait face à tous les dangers ; elle étouffe la guerre civile par la terreur. Sa victoire a sauvé l'unité nationale, mais en lui sacrifiant le principe même de la république ; la dictature usurpée par la Montagne se concentrera de plus en plus, et la centralisation ramènera la monarchie. Quant au peuple, il doit aussi payer sa victoire ; la France en haine du fédéralisme, avait repoussé le gouvernement direct et admis le gouvernement représentatif ; l'insurrection de Paris a violé ce pacte fondamental. Sous la pression du danger, la Convention a subi la loi du peuple au nom du salut public, mais le danger passé elle n'acceptera pas une humiliation nouvelle. L'insurrection a demandé une vengeance et l'a obtenue ; que demain elle demande justice, elle sera écrasée.

LA SIBYLLE A CALLICLÈS

Les oracles d'un Dieu étranger m'ont été révélés, à moi, Delphica, par la force des incantations de Thessalie. Un écho lointain est venu jusqu'à moi comme le bruit d'un grand temple qui s'écroule, et j'ai entendu une voix qui disait :

— Prophétie contre Jérusalem, épouse du Christ. Tu as dit dans ton cœur : « je suis éclatante de beauté et assise sur le trône des nations. » Tu ne t'es pas souvenue de ta sœur aînée la Synagogue, que j'avais rejetée pour ses adultères ; tu as dépassé ses abominations.

Je t'ai prêché la chasteté et l'abstinence, et j'ai vu dans le palais de Borgia les orgies de Sodome, j'ai vu la fornication dans le lieu saint. Je t'ai prêché la pauvreté, le renoncement et l'aumône, et tes prêtres possèdent la terre, ils ont fait du temple une caverne de voleurs, ils ont pris pour eux jusqu'à la vigne de Naboth, l'héritage du pauvre. Je t'ai prêché la miséricorde et le pardon sept fois répété, et jamais Antiochos ou Néron ni tous les tyrans de tes légendes n'immolèrent tant de victimes que dans une seule des années de ta puissance n'en ont dévoré tes cachots et tes bûchers. Le sang des justes crie vers moi, dit le Seigneur, depuis le sang d'Hypatia jusqu'au sang des innombrables martyrs de l'inquisition.

Comme les loups sous l'habit des brebis, tes prêtres ont bien pratiqué sur les autres la malédiction portée contre la chair. En baissant les yeux et invoquant mon nom ils multipliaient la torture et ils prolongeaient l'agonie. Pendant des siècles ils ont broyé les os et trituré la chair de Jésus-Christ !

Je t'ai envoyé mes prophètes. N'as-tu pas reconnu mon Christ dans ses incarnations nouvelles, Jean Huss et Jérôme de Prague, Savonarole et Giordano Bruno ? Je t'ai enseigné que le royaume des cieux était le partage des enfants. Qu'as-tu fait de cette race d'enfants qui peuplait en paix le nouveau monde ? Dans l'extermination de tant de peuples, n'as-tu pas re-

connu la sueur de sang coulant du corps de
Jésus-Christ ? N'as-tu pas reconnu le Calvaire
dans les bûchers de Torquemada ? Tu disais :
« Tuez, tuez, Jésus reconnaîtra les siens. » Et
je les ai reconnus en effet : tes victimes sont
avec moi, à la droite du Père. —

Ainsi parlait la voix prophétique, menaçante
et grave comme un tonnerre lointain. Et une
voix faible et triste répondait : « Seigneur,
pour dix justes tu aurais épargné Sodome :
voici mes saints qui prient pour moi ; des héros
comme saint Louis, des ascètes comme Fran-
çois d'Assise, d'humbles bienfaiteurs de l'humanité comme saint Vincent de Paul ; voici les
pères de la Rédemption qui délivrent les captifs,
les religieux des Alpes qui recueillent les voya-
geurs dans la neige ; voici la sœur de charité,
fruit tardif de ma vieillesse, fleur de décembre,
née des larmes du Christ sur la terre glacée. »

La voix se taisait ; je les ai vus, les saints,
réunis en phalange sacrée, et leur lumineuse
pureté faisait oublier leur petit nombre. Plai-
daient-ils devant leur Dieu la cause de l'Eglise ?
Non, ils plaidaient devant le siècle la cause de
leur Dieu. Et le siècle répondait : « Je te par-
donne à condition que tu meures. »

Eh bien, le juste mourra encore une fois
pour les crimes de son peuple. Il sera renié par
son apôtre et bafoué aux yeux des nations. Ses
vêtements seront partagés, les chansons des fils
de Bélial souilleront son temple, et il criera en

mourant : Seigneur, pourquoi m'as-tu abandonné ! Et le troisième jour il ressuscitera dans sa gloire ; le peuple qu'il avait choisi, ne sera plus son peuple, mais ceux qui étaient assis dans les ténèbres et dans l'ombre de la mort, renaîtront avec lui à la lumière, et il n'y aura plus qu'un troupeau et qu'un pasteur.

Voilà les paroles que j'ai entendues. Si l'heure est venue où l'oracle doit s'accomplir, que le Christ, renié sur la terre, vienne parmi nous, dans le monde idéal. Notre panthéon s'ouvrira pour le recevoir. Qu'il vienne s'asseoir au plus profond du sanctuaire, le dernier rejeton des races divines, la plus sainte des incarnations humaines, le meilleur et le plus aimé des enfants des Dieux.

SUITE DES LETTRES DE CALLICLES SUR LA RÉVOLUTION.

LE CULTE DE LA RAISON.

L'oracle s'est accompli. La Révolution est arrivée à son dernier terme. Après avoir détruit les formes sociales du passé, elle a renversé le dogme qui en avait été la vie et l'âme. Cette dernière victoire a été remportée sans combat. Les chefs des prêtres sont venus l'un après l'autre à la tribune de la Convention renier leurs croyances et déposer les insignes du sacerdoce. Un seul a refusé de s'associer à cette abjuration solennelle, et son refus n'a soulevé aucun murmure. Le monde a pu constater ainsi le respect de la Révolution pour la liberté des cultes. En entendant tous ces prêtres déclarer qu'éclairés par la raison, ils renonçaient à leurs erreurs et ne reconnaissaient plus d'autre religion que celle de la Liberté et de l'Egalité, en les voyant s'accuser d'avoir trompé le peuple et faire amende honorable de leur passé, la haine qui animait hier encore les philosophes contre la religion morte, fit place à un sentiment de pitié dédaigneuse pour un ennemi tombé si bas.

Pour que rien ne manquât à cette nouvelle passion du Christ, après qu'il eut été renié par son apôtre, il fut encore bafoué par la multitude. Les vases sacrés et les ornements sacerdotaux furent traînés dans les rues au milieu des sarcasmes et des chants obscènes de l'orgie. Pas une voix ne s'est élevée dans tout ce peuple contre cette profanation de ce qu'il avait adoré. La Révolution n'a pas renouvelé contre le Christianisme les violences par lesquelles il avait détruit la religion de la Grèce; elle ne l'a pas tué, elle l'a laissé mourir; elle l'a vu tomber sans colère et l'a couvert du linceul de l'indifférence et de l'oubli.

Pour moi, tout en songeant aux édits sanguinaires des empereurs chrétiens contre le paganisme, à la destruction de nos temples et de nos

statues, — à l'extermination des derniers fidèles,
je n'ai pu cependant assister sans douleur à la
mort d'un Dieu. Peut-être le Christ aura-t-il
été le dernier Dieu du monde. Mais non, les
Dieux ne peuvent mourir; l'oracle n'a pas menti,
le Christ devait triompher de la mort. Il s'appelle aujourd'hui la fraternité humaine. Si les
prêtres qui l'ont blasphémé pendant des siècles
ne sont plus son peuple, la Révolution lui
a mène un peuple nouveau, innombrable, la
grande et fraternelle famille de l'humanité. En
même temps, l'un de ceux qui ont provoqué la
chute du Christianisme, croyant le remplacer
par une religion nouvelle, a proclamé dans les
églises chrétiennes le culte de la Raison, que
l'humanité adorait depuis quinze siècles sous le
nom de Verbe. Le sens des mythes est si oublié,
que ni les chrétiens ni les révolutionnaires n'ont
reconnu, dans la Raison de Chaumette, le Verbe
de Platon et de saint Jean.

Est-ce donc sous ces formes abstraites que le
Christ devait sortir du tombeau après trois
jours ? Je sais que, pour les Dieux comme pour
les hommes, c'est l'âme seule qui est immortelle ; la forme sous laquelle les idées divines se
révèlent au monde est l'enveloppe mortelle des
Dieux : ils ne la prennent plus lorsqu'ils l'ont
quittée. Les sages des temps nouveaux répètent
chaque jour que l'homme est assez fort pour
remplacer la religion par la science et pour arracher à la vérité le voile du symbole. Si cette

transformation de l'esprit humain est nécessaire, je ne puis cependant la saluer comme un
progrès. Les formules scientifiques ne s'adres-
sent qu'à la raison, les mythes religieux parlent
en même temps au sentiment et à l'imagination
par la légende. Mais ce caractère concret des religions est précisément ce qui offusque les philosophes. Pour éviter ce qu'ils appellent une
idolâtrie, ceux qui veulent instituer le culte de
la Raison, la représentent, non par une statue
ou une image, mais par une jeune fille. Ils or-
ganisent des cérémonies dont le peuple s'amuse
sans leur attribuer un caractère religieux. La
France n'est pas encore, comme l'ont cru ses
chefs, une nation de philosophes ; elle ne s'enthousiasme pas pour une abstraction métaphysique, et ne voit dans le dogme nouveau qu'une
négation du passé. On fond les cloches pour
faire des canons, on change les vases sacrés en
monnaie dont la France a grand besoin, et on
se venge, par la dérision des cérémonies chrétiennes, de la résistance que le clergé a opposée
à la Révolution, et de la part qu'il prend aux
guerres civiles de la Bretagne et de la Vendée.

La Convention a fait cesser ces parodies con-
traires à la liberté religieuse ; elle ne s'intéresse
d'ailleurs pas plus que le peuple au culte abstrait
de la Raison, elle s'en tient à la liberté de conscience qu'elle a proclamée. Cette solution néga-
tive est un aveu d'impuissance. Victorieuse dans
l'ordre politique, la Révolution sera vaincue

dans l'ordre religieux. Aux souvenirs de la France monarchique et féodale elle a opposé les souvenirs républicains de Rome et de la Grèce; elle n'ose pas opposer aux traditions juives les traditions de l'antiquité païenne, sa mère. L'Eglise reprendra sa place faute d'adversaire, et la République périra pour n'avoir pas su fonder une religion républicaine.

Placée entre les races primitives qui cherchaient le divin dans la nature, et les peuples modernes qui ne l'ont vu que dans l'humanité, la Grèce avait réuni cette double conception de l'idéal dans la forme harmonieuse du polythéisme. Elle avait deviné ce que démontrera la science, l'identité des lois de la nature et de l'esprit. Quand l'humanité, qui depuis si longtemps vit seule avec elle-même, reviendra s'asseoir aux agapes de la communion des êtres, quand elle jettera un regard fraternel à la nature, et s'abreuvera à la fontaine de Jouvence de la vie universelle, alors elle verra descendre en langues de feu le Saint-Esprit des symboles, et reliant ses traditions éparses dans une large synthèse, elle s'elèvera de nouveau à la conception républicaine de l'ordre et de l'harmonie des lois vivantes.

LES PARTIS RÉVOLUTIONNAIRES

Trois factions divisent la Convention et la France républicaine, depuis la mort des Girondins : l'une croit la Révolution terminée ; l'autre voudrait la pousser à des conséquences qu'elle croit plus conformes à ses principes ; la troisième, qui dirige les affaires publiques, penche tantôt d'un côté, tantôt de l'autre. Danton, Camill Desmoulins et tous ceux qu'on nomme aujourd'hui les modérés ont été, au jour du danger, l'élément enthousiaste et héroïque de la Révolution. Par leur audace et leur énergie, ils ont préparé et soutenu la lutte de la France contre l'Europe ; les plus dures nécessités de cette lutte gigantesque, ils les ont acceptées sans pâlir, et ont pris pour devise : « Périsse notre mémoire, et que la République soit sauvée ! » Aujourd'hui, épuisés par leurs efforts, sûrs de la victoire qui doit assurer le salut de la France et du monde, ils voudraient couronner la République triomphante d'une auréole de bénédictions, et désarmer les dernières résistances par le pardon, la clémence et l'oubli.

Dans le parti qui leur est directement opposé se trouvent des démagogues prévoyants et sincères, que leurs fonctions mettent en contact immédiat avec le peuple, et qui ont compris les besoins nouveaux de la société issue de la Révolution. Depuis l'abolition de la noblesse, ils craignent de voir la nation se diviser en deux classes, les riches et les pauvres, et voudraient, par des institutions populaires, éviter les luttes à venir. Malheureusement ce parti est souillé par l'alliance de quelques individus à idées fort étroites, qui voient dans la Révolution moins des lois à faire que des ennemis à supprimer, et qui réduiraient volontiers le gouvernement de la France à deux fonctionnaires, le juge et le bourreau.

Les hommes qui occupent en ce moment le pouvoir, et à leur tête Robespierre et Saint-Just, ne pouvant concilier le parti de la terreur et celui de la clémence, se sont décidés à les faire disparaître en même temps. C'est trancher la question sans la résoudre, et le comité de salut public donne un funeste exemple à tous les despotismes à venir. La dictature de Robespierre justifie les craintes prophétiques des Girondins. L'homme qui par sa patiente énergie est arrivé à dominer la Convention et la France avait, dès l'origine, posé la doctrine du salut public comme la suprême loi. Profondément convaincu de la vérité de ses principes, il est fatalement conduit à croire que la Révolution s'incarne en lui, et qu'en deçà comme au delà il n'y a qu'erreur, mensonge ou trahison. Ce système de juste milieu est le lit de Procuste de la politique.

On s'étonne qu'une révolution entreprise au nom de la liberté aboutisse au despotisme. Mais les idées ont une logique impérieuse : devant la coalition étrangère et la guerre civile, la France a immolé la liberté individuelle et l'autonomie communale à l'unité et à la centralisation du pouvoir; si la majorité du pays peut déléguer ses droits à une assemblée, cette assemblée peut à son tour les déléguer à un comité ou à un homme. La dictature est la conséquence fatale du système des majorités souveraines et de la représentation élective. Elle n'a qu'un moyen d'action, la terreur ; après l'avoir acceptée comme expédient elle en fera un système. Mais on ne viole pas impunément les lois éternelles : la Révolution a demandé son salut à la dictature, la dictature tuera la République.

LA TERREUR

Lorsque Moïse apporta aux fils d'Israël la loi qu'il avait reçue au milieu des éclairs du Sinaï, il les menaça de la dispersion et de la servitude si jamais ils renonçaient à l'alliance de Jéhova. Cette pensée de la Bible est justifiée par l'histoire de toutes les nations comme par celle des Hébreux. Lorsqu'un peuple abandonne ses Dieux, lorsqu'il renie les principes qui faisaient sa vie et sa force, il est livré sans défense à des Dieux ennemis. Quel rêve fut plus beau que celui de la Grèce, et quel peuple réalisa mieux son rêve ? Une seule fois elle oublia sa mission divine : elle admit l'esclavage qui était la négation de la morale païenne basée sur le droit et l'égalité, et le monde ancien mourut dans la servitude de l'empire. Le christianisme avait prêché le renoncement et la charité, il fut

tué par la théocratie et la persécution religieuse.
La révolution française proclame la liberté et la
justice, elle périra par la terreur.

La Grèce aurait pu dire : « J'étais engagée
dans des guerres sans trêve ; ma vie était le
salut du monde ; quand mes enfants s'armaient
tous pour la défendre, qui donc aurait cultivé
leurs champs ? » L'Eglise aussi eût pu répondre : « En moi seule était l'unité des races modernes ; sans le catholicisme, elles s'extermi-
naient entre elles comme les soldats de Cadmus. »
A son tour la Révolution pourra dire : « J'étais
entourée d'ennemis ; ils conspiraient à l'intérieur, ils m'attaquaient aux frontières : jusqu'au
jour de la victoire j'ai voilé la statue de la liberté. » Mais l'implacable lendemain oublie les
dangers de la veille ; la sécurité du présent re-
jette les excuses du passé. Pour les modernes,
le monde antique c'est l'esclavage ; pour les
philosophes, le christianisme c'est l'inquisition ;
pour la génération qui va naître, la Révolution
s'appellera la guillotine.

Dans la vie des peuples comme du. « la vie
des hommes il y a une heure où il leur est
donné d'achever leur œuvre. S'ils la laissent
passer, toujours un remords se mêle à leurs regrets. Pour une seule faute, Psyché perdit
'amour d'Eros ; quand le bonheur s'envole, ce
sont nos erreurs qui justifient les Dieux. Ils répondent à la Grèce : « Nous t'avions sauvée à
Salamine ; pourquoi ces guerres civiles qui

creusèrent le tombeau des républiques ? » Le Christ répond à l'Église : « J'admets l'excuse pour Grégoire VII, mais non pour Innocent III. Derrière le massacre des Albigeois j'aperçois la guerre des Hussites, les bûchers de l'Espagne et des Indes et la nuit de la Saint-Barthélemy. » Et l'Humanité dira à la révolution française : « J'oublie la colère de septembre, mais non les tribunaux révolutionnaires ; après la loi des suspects, voici la loi sanglante de prairial. Toi, si grande dans le combat, tu ne t'es pas crue assez forte pour pardonner après la victoire, Lorsqu'un de tes apôtres t'a prêché la clémence. tu n'as pas reconnu ma voix. L'expiation sera longue ; comme Moïse au désert tu as douté une fois : tu n'entreras pas dans la terre promise.—Ils sont morts, ceux qui devaient t'y conduire, les saints, les purs, les forts, Vergniaud, et Camille, et Condorcet, les précurseurs de la République, madame Roland, éloquente et chaste comme Hypatie, Hérault de Séchelles qui fit la constitution, Clootz qui rêvait la république universelle, et Danton, dont la voix tonnait comme le canon d'alarme aux jours des dangers de la patrie, et tant d'autres en qui battait le cœur de la France. Qu'en as-tu fait ? Tu as versé le plus pur sang de tes veines. »

Un d'eux avait dit : la Révolution est comme Saturne, elle dévore ses enfants. Les uns après les autres ils descendent dans la nuit, par groupes fraternels, se tenant par la . .in. Vous, habitants des demeures d'Hadès, peuple des mânes, qui les attendez sur la rive, recevez-les comme des frères, saluez-les comme des héros et des martyrs, tous, ceux qui se sont combattus sur la terre et qui vont se réconcilier dans la mort. S'il restait quelque souillure, que leur sang l'efface, qu'ils soient pour vous ce qu'ils seront pour l'avenir, les saints de la Révolution, ceux qui ont donné leur sang pour la rédemption du monde, *plebeiæ Deciorum animæ!* Ceux qui les ont sacrifiés iront bientôt les rejoindre, et trouveront des bras ouverts, car il y a un comité de clémence chez les morts.

Ce n'est pas sur eux que je pleure, moi qui les reverrai tous dans le monde serein des souvenirs et des rêves, c'est sur le monde qui les perd, c'est sur la Révolution qui meurt en chacun d'eux. Car ils en étaient les formes multiples, les faces mobiles, les voix vivantes ; et, comme les sept rayons se fondent dans la lumière, comme les notes dispersées s'embrassent dans l'harmonie, entre les camps rivaux brillait le prisme éternel de la justice et de la vérité.

LE CULTE DE L'ÊTRE SUPRÊME.

La Révolution a conclu à la dictature. Elle a relevé l'autorité qu'elle devait combattre ; elle veut lui donner une sanction religieuse. Le culte abstrait de la Raison n'était pas né viable. Celui qu'on veut proclamer aujourd'hui est bien plus dangereux : c'est le déisme de Jean-Jacques Rousseau, élaboré à Genève, la ville des pendules, une religion d'horlogers, bien digne du génie analytique des peuples modernes. Jamais ils n'ont pu s'élever à cette belle conception du polythéisme qui voyait partout des êtres vivants et libres, et dans l'univers un grand corps social qui se meut et se nourrit, qui respire et qui pense. Pour étudier la nature, ils commencent par la tuer ; puis ils dissèquent le cadavre, séparent les fibres, comptent les rouages, et déclarent que le monde est une machine inerte, fabriquée et dirigée par un habile ouvrier. Mécanique artificielle, qui ne peut créer que des automates, physique stérile qui met le mouvement en dehors et au-dessus du monde, quand la nature sent bien qu'elle est vivante, et que ses formes multiples ne sont pas des pantins à ressort ; métaphysique impuissante, qui veut tout expliquer par une cause unique, comme si tout effet n'était pas une résultante et ne supposait pas au moins deux principes.

Cette ennuyeuse doctrine du déisme ne fait que reproduire sous une forme sèche et abstraite le dogme judaïque du moyen âge. Elle ne peut se traduire en politique que par l'autorité. Contre ce danger de mort de la Révolution j'ai protesté seul. Voici ma réponse devant la Convention au discours de Robespierre sur l'Etre suprême :

« Citoyens, les dogmes se révèlent spontanément dans la pensée des peuples, ils ne se fabri-
quent pas par un décret. Celui qu'on vous pro-
pose est contraire aux principes de la Révolution :
le peuple vous a chargés de l'affranchir, non de
l'enchaîner. En proclamant la liberté des cultes,
vous avez répondu aux vœux de la nation. Aujourd'hui on vous invite à lui imposer un dogme,
non parce qu'il est vrai, mais parce qu'il est
utile ; on vous dit de voter en législateurs, non
en philosophes ou en théologiens. C'est vous
engager à tromper le peuple pour son bien, à
diriger la conscience publique sans que cet acte
de despotisme ait l'excuse de la conviction. Ce
qui est injuste ne peut être utile. Si vous usur-
pez ce droit, vos successeurs en useront à leur
tour. Ils imposeront aussi une religion au peuple,
et, croyez-le, ce sera celle du passé. Elle a pour
elle la tradition et l'habitude, bien autrement
fortes que vos décrets. Ceux qui croient la remplacer travaillent pour elle : ils lui préparent la
voie du retour. Ils en changent la forme, mais
qu'importe la forme qui renaîtra demain, ils
conservent l'esprit du dogme. Quelque nom
qu'on lui donne, le culte de l'Être suprême est
toujours le culte de la force. En l'imposant au
peuple, vous n'aurez pas seulement violé la liberté des consciences, vous aurez renié la cause
du droit et condamné la Révolution.

« Que le passé serve de leçon au présent : dans
l'antiquité, le polythéisme a établi les républi-

ques ; chez les peuples modernes, chrétiens ou musulmans, l'unité de Dieu a produit la monarchie. Le polythéisme est la religion des hommes libres, le monothéisme est celle des esclaves. Jugez l'arbre par ses fruits, ne mettez pas de vin nouveau dans des vieilles outres ; vous ne pourrez maintenir la république sur la terre si vous rétablissez la monarchie dans le ciel. Les prêtres du Dieu unique diront encore aux nations : « Tout pouvoir vient de Dieu ; les rois sont ses ministres. Si leur joug est léger, c'est un bienfait du Ciel ; s'il est pesant, c'est une épreuve. La vertu, c'est l'obéissance, la loi c'est la volonté divine. Il n'y a pas de droit de l'homme ; le vase dira-t-il au potier : pourquoi m'as-tu fait ainsi ? Comme Dieu est parfait, son œuvre est parfaite ; tout rêve du mieux est une folie impie, toute plainte est un blasphème, toute révolution est un crime. Courbez la tête et adorez. »

« Les Grecs n'ont pas commis cette impiété de dire que tout pouvoir vient du Ciel. En présence du mal, ils aimaient mieux douter de la toute-puissance divine que de la justice éternelle. Au delà du fait ils concevaient le droit, au delà du réel ils cherchaient l'idéal. Et ils marchaient, dans le saint orgueil de la jeunesse, à la conquête de la justice et de la liberté. Pour eux, le devoir n'était pas l'obéissance à la force, mais le respect du droit. Leurs Dieux étaient ces lois éternelles qui sont la vie de tous les êtres, la sauvegarde du droit, la sanction du devoir, et qu'il appartient à la conscience humaine de connaître et de nommer. Ces Dieux leur apparaissaient, non comme des maîtres sévères, mais comme des protecteurs et des amis. Ils se sentaient si grands, qu'ils les rêvaient à leur image. Le peuple qui révélait au monde l'idée de la justice et donnait le droit pour base à la morale, pouvait bien sans orgueil traiter les Dieux en égaux. Ils les abaissait au rang de l'homme, dites-vous? Mais il élevait l'homme au rang des Dieux. Il savait bien que ses grands héros, qui escaladaient le ciel par leur courage, étaient reçus en frères dans le sénat des immortels, et qu'après leur glorieuse apothéose, ils veillaient encore sur leurs cités natales, du haut de l'Olympe étoilé conquis par leur vertu.

« La religion des morts n'a jamais eu d'athées. Basée sur la reconnaissance, elle est indestructible dans le cœur de l'homme. Ne proclamez pas l'immortalité de l'âme; le peuple n'en a jamais douté. Honorez avec lui la mémoire des héros morts pour la patrie. Il saura bien sans vos décrets les invoquer le matin des batailles. Quant à ces lois mystérieuses que nous sentons vivre dans la nature et dans l'humanité, laissez le peuple leur donner des noms et les rêver à sa manière, sous des formes appropriées à son génie. Lorsque épuré par une éducation républicaine, il aura rendu aux races agenouillées l'Être suprême et tout le cortège servile des humbles obéissances, il ne concevra plus le monde comme une machine inerte dirigée par la main d'un maître absolu ; mais, du concours harmonieux des lois vivantes, il verra naître l'ordre universel dans la grande république de la nature. »

C'est ainsi que j'essayais de montrer la religion du droit comme l'unique sanction de la République. Ai-je besoin d'ajouter que je n'ai pas été compris des hommes qui avaient relevé en politique le culte de la force ? Je suis en ce moment traduit devant le tribunal révolutionnaire comme complice de Chaumette et d'Anacharsis Clootz. Les accusés, aujourd'hui, n'attendent pas longtemps leur jugement, et j'espère monter bientôt sur l'échafaud de Vergniaud, de Camille et de Danton. Ce qui me reste à voir de la Révolution est si triste, qu'il me tarde de rentrer dans le monde idéal.

La faction énergique qui gouverne en ce moment la France a soulevé trop de haines pour garder longtemps le pouvoir, mais son esprit lui survivra. Elle a donné à l'autorité une base nouvelle, le despotisme des majorités. Tous les pouvoirs s'appuieront désormais sur la volonté des masses et écraseront les minorités vaincues sous l'inexorable doctrine du salut public. En Grèce, la domination du plus grand nombre s'appelait la démocratie ; mais, en France, où les droits du peuple se délèguent, ils ne s'exerceront que dans le choix de ses maîtres, et la révolution française, comme la longue lutte des plébéiens de Rome, se terminera par la monarchie.

Sans doute cette révolution ne périra pas tout entière, mais son œuvre, reprise en détail par les générations à venir, disputée par lambeaux aux envahissements des réactions successives, n'aura pas cette unité puissante que les hommes de 92 avaient rêvée. Deux classes, de plus en plus divisées, se partageront la tâche : la bourgeoisie poursuivra la Révolution dans la liberté, le peuple, dans l'égalité. Ce sera une marche lente et alternée, au lieu de ces bonds audacieux qui devaient franchir l'abîme. La France est trop vieille ; elle ne peut secouer le poids de ses traditions séculaires. Si elle doit, comme l'empire romain, enfanter un nouveau monde, elle mourra comme lui dans les douleurs de l'enfantement.

LA SOCIÉTÉ NOUVELLE

Je vous écris pour la dernière fois ; demain je serai parmi vous. Pourtant ma tâche n'est pas finie. Il me reste à prévoir, si je le puis, le caractère de la société nouvelle qui sortira de la Révolution.

Les philosophes de ce siècle et les révolutionnaires qui ont essayé de réaliser leur pensée, ont opposé au dogme chrétien de la chute originelle la croyance au perfectionnement indéfini du genre humain. Ils ont placé l'Éden dans l'avenir, et fait de l'âge d'or, non plus un souvenir, mais une espérance. Cette idée a imprimé à leur œuvre ce caractère de foi et d'énergie qui assure la victoire. Mais, de même que la croyance à la fin du monde, la seule partie de son dogme que le christianisme n'eût pas empruntée au passé, fut pour lui une arme puissante dans le combat et inutile après le triomphe, ainsi la croyance au progrès fatal, qui appartient en propre aux révolutionnaires de ce siècle, devra être abandonnée le jour où, cessant d'être un auxiliaire, elle deviendra un danger.

Un jour viendra où les fils dégénérés de la Révolution renieront son œuvre, blasphémeront sa victoire et céderont aux vaincus les précieuses conquêtes achetées par le sang de leurs pères. Que deviendront alors le droit, la liberté et la justice, si leurs derniers défenseurs, s'endormant dans l'inertie de la foi et dans l'aveugle résignation de l'espérance, célèbrent leurs défaites comme des victoires, et saluent chaque réaction comme un pas nouveau vers le progrès ? Une génération impuissante et satisfaite, abritant sa lâcheté sous le fatalisme de l'histoire, osera glorifier le fait et perdra la conscience du droit. Les pères auront en vain arrosé de leur sang le champ fécond de la justice ; quand la moisson sera mûre, les fils n'oseront pas la cueillir. En vain le passé leur criera qu'il n'y a pas de victoire sans combat. Qu'importe, diront-ils, l'humanité marche toujours ! Mais les siècles passent, les peuples vieillissent, les races accroupies sont rayées du livre de vie, l'avenir les pèse dans son implacable balance, et le vent de l'oubli disperse leurs tombeaux.

La loi de l'histoire n'est pas dans cette théorie du progrès continu qui placerait le siècle de Pépin le Bref au-dessus du siècle de Périclès, ni dans une monotone série d'évolutions circulaires qui condamnerait l'humanité au supplice de Sisyphe. Elle n'est pas davantage dans la spirale conique infinie, abstraction géométrique qui ne répond à rien dans la nature. L'homme ne vit pas en dehors du monde, et si l'on veut découvrir la loi du développement de l'humanité, c'est dans la vie minérale et dans la vie organique qu'on doit chercher des analogies.

Tout être collectif est homologue à ses parties constituantes. Un cristal est formé par l'agglomération symétrique de cristaux de même forme, et, si on le réduit en poudre, les parcelles de cette poudre reproduisent la forme du cristal primitif. Les êtres organisés sont aussi des aggrégations d'êtres similaires. De même, les phases de la vie humaine individuelle, enfance, jeunesse, maturité, vieillesse, se reproduisent dans la vie collective de chaque société, et les sociétés humaines à leur tour forment les éléments de la vie collective de l'humanité.

Telle est la loi du mouvement de l'humanité dans le temps. Quant à son développement dans l'espace, ou a remarqué que la civilisation avait marché comme le soleil, d'Orient en Occident, et avait eu successivement pour centre l'Asie, la Grèce, l'Italie et l'Europe occidentale ; on en a conclu qu'elle aurait dans l'avenir son point culminant en Amérique. Mais ces vues sont loin d'avoir le même caractère de précision scientifique que l'analogie qu'on peut reconnaître entre l'humanité collective et les sociétés humaines, et entre celles-ci et l'homme individuel. Il n'y a là ni progrès ni décadence, mais un développement logique et normal, qui dans la vie des peuples et de l'humanité, comme dans celle de l'homme, fait la part des lois fatales et la part de la liberté. L'homme ne peut changer son âge, mais il peut diriger sa destinée. Il peut, par l'action énergique d'une volonté soutenue, corriger le présent et assurer l'avenir. Le principe stoïcien : « Conforme ta vie à l'ordre universel, » est la base de la loi morale pour les sociétés comme pour les individus. L'ordre universel se révèle sous les formes multiples de l'idéal. Chaque homme, chaque race, chaque époque a le sien et doit le réaliser dans ses mœurs, dans ses institutions et dans ses lois. Quand la vieillesse arrive, heureux les peuples et les hommes qui ont accompli leur œuvre ! Ceux-là seuls sont justifiés devant leur conscience et devant l'histoire.

L'humanité traverse dans son évolution intégrale les mêmes phases ascendantes que nous suivons dans les civilisations déjà écoulées. Cette analogie du tout avec la partie permet de déterminer, non pas quel est l'âge de l'humanité, mais à quelle période de la vie correspond la phase présente de son histoire. Supposer que l'humanité ne vieillira pas et ne mourra pas, du moins sous sa forme actuelle, c'est admettre un fait sans exemple dans la nature, où tout ce qui a commencé doit finir.

Quelque hypothèse qu'on admette sur l'origine de l'homme, son existence, avant le temps où nous reportent les plus vieilles tr ditions humaines, ne représente qu'un état embryonnaire. Les vieilles civilisations de l'Orient et de l'Égypte sont l'enfance de l'humanité, la période grecque sa jeunesse, l'ère moderne son âge mûr.

La famille est la base de l'organisation des sociétés orientales. Pour l'enfant le monde est concentré dans la famille où il trouve la protection que sa faiblesse réclame. L'autorité unique du père de famille, du patriarche, est absolue et incontestée parce qu'elle est nécessaire. La femme et les enfants lui obéissent, il les protège ; il n'y a là ni droit ni devoir, mais un lien naturel d'affection et de reconnaissance qui n'est jamais discuté. La famille en se multipliant devient la tribu, et l'Orient qui, même dans les périodes les plus avancées de sa civilisation, conserve le caractère de l'enfance, ne conçoit d'autre forme sociale que la monarchie. La nature lui présente partout le modèle de cette société primitive, soit qu'il retrouve le père, la mère et les enfants dans le soleil, la lune et les étoiles, soit que le ciel et la terre lui représentent le couple divin qui engendre et nourrit tous les êtres. Le fond commun de tous les dogmes orientaux est le culte de la force, la religion naturelle de la faiblesse et de l'enfance.

La société grecque représente la puberté de l'homme. Il est sorti de l'enfance, il a essayé ses forces, il affirme son droit et réclame sa part de vie et de soleil. La monarchie ne fait qu'apparaître en Grèce. Déjà, dans l'âge héroïque, Agamemnon dans le camp, comme Zeus sur l'Olympe, préside seulement aux délibérations du peuple assemblé. Après la guerre de Troie, quand toute la race des demi-Dieux a disparu, la Grèce se constitue selon son tempérament et réalise son idéal : partout des républiques, et l'idée, si nouvelle dans le monde, de la souveraineté de la loi ; partout les luttes fortifiantes de-la-palestre : la Grèce n'est qu'un gymnase avec son peuple de robustes adolescents. Tous ces petits peuples sortis d'une souche commune, sont comme des frères à peu près égaux en force, assez querelleurs, c'est le caractère de la jeunesse, mais sachant au besoin se réunir contre un ennemi commun. Chaque petite ville entretient ses légitimes prétentions à une vie politique indépendante par une foule de traditions locales et par le culte patriotique des Dieux nationaux et des héros protecteurs des cités. C'est dans la cité qu'est l'unité politique de cette société basée sur le droit de l'homme. Chaque homme est à la fois magistrat et citoyen, législateur et soldat.

La Grèce est la Gironde de l'antiquité, Rome en est la Montagne. Là, le fédéralisme, la liberté et l'anarchie ; ici, la sévère discipline sénatoriale, la politique du salut public et la plus puissante unité qui fut jamais. L'empire sert de transition entre le paganisme et le christianisme. C'est à la fois la décadence de l'ancien monde et l'incubation du nouveau. Partie de la république, du polythéisme, du culte multiple de la lumière et de la vie, l'antiquité s'endort dans le monothéisme, dans l'esclavage et dans le rêve de la mort. Le monde moderne suit une marche inverse : né dans l'esclavage il aspire à la liberté, sorti de la nuit il marche vers la lumière. Cette société qui dans son ensemble représentera l'âge viril de l'humanité, apporte en naissant les caractères de l'âge mûr. Son dogme naît dans les écoles de philosophie ; au lieu des chants des poètes, elle n'entend près de son berceau que les aigres disputes de la théologie. La prose remplace la poésie, la légende affecte les allures de l'histoire. Pendant la sérieuse et maladive enfance du moyen âge, sous le joug de tous les despotismes, les peuples grandissent dans l'humilité ; enfants rachitiques qui s'allongent sans se développer sous l'impitoyable férule, le dos voûté, la tête basse, marchant sur les genoux. Leur jeunesse même est sans gaieté ; la trop courte fête de la Renaissance est troublée par les guerres de religion.

Après cette rapide et magnifique explosion

de l'art, voici déjà la science austère, absor-
bante, silencieuse, qui creuse les rides précoces
et fait tomber les cheveux. L'art n'aurait pas
suffi pour délivrer le monde; les esclaves n'ont
pas le temps de chanter. Le fruit défendu de la
science, c'est la négation du moyen âge, c'est la
clef mystérieuse qui ouvre le vieux donjon,
c'est le don précieux du serpent d'Éden qui
rendra l'homme semblable à l'un des Dieux.
Après la science abstraite, la science pratique;
la politique après la philosophie. Le monde est
prêt : où est la liberté, la fiancée promise? La
Révolution va-t-elle venir, depuis si longtemps
qu'on l'appelle? La voici : il était temps !

La Révolution française s'est posée comme
une réaction contre les principes religieux et les
formes sociales du moyen âge. Elle a remplacé
le dogme chrétien de l'autorité par le dogme
païen de la liberté, la foi par la raison, la grâce
arbitraire par la justice, l'obéissance par le droit,
la résignation par la lutte, la hiérarchie par la
légalité. Soit que la France, marchant dans la
voie que la Révolution lui a ouverte, reste le
centre intellectuel et moral du monde, soit
qu'elle abandonne son œuvre inachevée et laisse
quelque race plus forte conduire le chœur des
peuples affranchis, on peut prévoir le caractère
de la civilisation nouvelle. Pendant l'âge viril
de l'humanité, la science sera reine de la terre.
L'industrie domptera la matière, et la nature
sera l'esclave de l'homme. L'imprimerie rend

désormais impossible la destruction des œuvres de la pensée et elle préservera le monde d'un nouveau moyen âge. La diffusion des races européennes les met à l'abri d'une invasion de barbares. Si l'esprit humain a des traces d'engourdissement et de défaillance, son patrimoine intellectuel ne se perdra plus. La science peut rester stationnaire, elle ne peut reculer. C'est pour elle seule que le champ du progrès est indéfini.

Puisse l'avenir éviter quelques-uns des dangers qui le menacent ! On voudrait n'y pas croire, on escalade le ciel en espérance, et chaque siècle, fier de ses conquêtes, oublie la part qui en revient à ceux qui l'ont précédé. Mais ni la joie de l'heure présente ni même la foi dans l'avenir ne donne le droit de blasphémer le passé, et c'est mauvais signe quand les enfants insultent la cendre de leurs pères. Si un siècle voulait, dans l'enivrement du présent, dater de son avénement le progrès du genre humain, il sentirait, par une réaction inévitable, la force écrasante de la tradition, et combien les morts pèsent de plus en plus sur les vivants. Dans les lettres, l'étude des langues endort l'imagination, et la force créatrice est remplacée par la critique. Dans la science, l'étude des faits ôte à l'esprit la liberté et l'audace nécessaire à l'intuition des lois générales. Le patrimoine commun de la science est si vaste, que nul ne peut l'embrasser d'un regard. Chacun en cultive un coin ; c'est l'âge des spécialités et des travaux d'analyse, la synthèse devient de plus en plus difficile.

Par l'industrie, l'homme devient roi de la nature. Puisse-t il n'en pas violer les lois éternelles ! S'il abusait de sa puissance, s'il dissipait ses richesses par l'extermination des espèces animales ou la destruction des vieilles forêts, les fléaux de l'inondation, de la stérilité, de la famine et de la peste vengeraient bientôt les Dieux de la nature. Puisse surtout l'industrie ne pas sacrifier le bien-être de tous au luxe d'un petit nombre, et ne pas prodiguer la vie et le travail de l'homme ! Puisse-t-elle éviter cette activité fiévreuse qui, pour asservir la matière à l'esprit, commencerait par écraser l'homme sous la matière !

Quelle place peut occuper l'art dans une société qui n'a pas trop de tout son temps pour exploiter le champ indéfini de la science et de l'industrie ? Que peut devenir la poésie quand les langues sont de plus en plus analytiques, de moins en moins musicales ? Cette forme rhythmée qui fixait l'idée dans la mémoire, qu'en a-t-on besoin avec l'imprimerie ? D'ailleurs, à quoi bon ces formes qui ne servent qu'à voiler les idées ? Peut-être en viendra-t-on à dire : A quoi bon les idées, ces abstractions qui ne servent qu'à travestir les faits ?

L'art et la science ont bien de la peine à vivre ensemble. La raison fait peu de cas de l'imagination, qu'elle appelle la menteuse. Même en Grèce, les philosophes voulaient bannir les poètes de leur république. Les symboles religieux, ces suprêmes œuvres d'art, dans lesquelles l'imagination donne une forme vivante aux intuitions de l'intelligence, semblent déjà à ce siècle des entraves dont la philosophie doit débarrasser la vérité. Une religion sans légendes ni symboles, ne fournissant aucun type à l'art, celui-ci descendra à la traduction exacte des réalités individuelles, jusqu'à ce qu'on se demande à quoi bon ces copies quand on a l'original ?

La science elle-même, à force de s'interdire toute recherche sur l'essence des choses, réduit son rôle au classement des phénomènes. Mais comme ces classifications varient à mesure que les faits se multiplient, qu'elles sont mobiles comme toutes les conceptions humaines, que l'antique Isis ne lèvera jamais son voile, on finira par proscrire ces formules arbitraires qui entravent la science positive, et le fait, qui triomphe en morale par la croyance aux lois fatales, en art par l'absence d'idéal, régnera en philosophie sur la ruine des théories. Comme je n'admets en morale que les principes, en métaphysique que les idées, en art que les types, je ne puis partager l'enthousiasme que la société nouvelle pourra éprouver pour elle-même.

Dans l'art, pendant la Renaissance, dans la morale, pendant la révolution française, les races européennes ont eu une nouvelle et splendide révélation des grandes idées de l'antiquité. Elles se développent désormais dans la voie de la science, la seule où la Grèce puisse être dépassée, parce que le but est à l'infini. Sans méconnaître la grandeur d'une œuvre qui a déjà produit de si magnifiques conceptions du système du monde, s'il faut renoncer à l'art pour voir la vérité sans voile, j'aime mieux rester dans le monde idéal. J'ai vécu en Grèce, dans cette ère de force et de liberté qui fut aussi courte dans la vie de l'humanité que la jeunesse et l'amour dans la vie de l'homme. Quelles que soient les joies de l'âge mûr, elles ne peuvent qu'adoucir l'éternel regret de la jeunesse, et toutes les promesses de l'avenir ne valent pas pour moi les souvenirs du passé.

FIN